Der Zwergenkrieg

ECON Unterhaltung

Die Nibelungen:
Kai Meyer, **Der Rabengott** (TB 27410)
Alexander Nix, **Das Drachenlied** (TB 27411)
Jana Held, **Die Flammenfrau** (TB 27412)
Bernhard Hennen, **Das Nachtvolk** (TB 27413)
Jörg Kastner, **Das Runenschwert** (TB 27414)
Alexander Nix, **Die Hexenkönigin** (TB 27415)
Alexander Nix, **Der Zwergenkönig** (TB 27418)

Alberich, der Hüter des Nibelungenhortes, trotzt allen Unbilden. Auch ohne magische Tarnkappe verteidigt er den Schatz, den seine Vorfahren für das Geschlecht der Nibelungen zusammentrugen. Zum Glück hat er edle – und seltsame – Mitstreiter gefunden. Mütterchen Mitternacht, einstmals die gefürchteste Räuberin am Rhein, das Moosfräulein Geist und der Halbhunne Löwenzahn weichen nicht von seiner Seite. Doch dann scheint plötzlich der ganze Hohle Berg zum Leben zu erwachen – und Alberich kann jede Hilfe gebrauchen, die er bekommen kann. Denn aus den Tiefen der Erde tauchen geisterhafte Gegner auf.

Alexander Nix ist das Pseudonym eines namhaften deutschen Fantasy-Autors.

Alexander Nix

Der Zwergenkrieg

Roman

Der Romanzyklus »Die Nibelungen« entstand
nach einer Idee von Kai Meyer

Konzeption: Kai Meyer/Reinhard Rohn

ECON Taschenbuch Verlag

Veröffentlicht im ECON Taschenbuch Verlag
Der ECON Taschenbuch Verlag ist ein Unternehmen der
ECON & List Verlagsgesellschaft
Originalausgabe

Umschlaggestaltung: Init GmbH, Bielefeld
Titelabbildung: Dieter Jüdt
Lektorat: Reinhard Rohn
Gesetzt aus der Goudy, Linotype
Satz: Josefine Urban – KompetenzCenter, Düsseldorf
Druck und Bindearbeiten: Ebner Ulm
Printed in Germany
ISBN 3-612-27413-9

Prolog

Zweihundert Jahre früher

Trommeln dröhnten in der Tiefe des Berges, dumpfe Paukenschläge in einem quälend langsamen Rhythmus. Waffengeklirr drang aus den unteren Ebenen herauf, Stahl auf Stahl, dazwischen das Schreien der Verwundeten und Sterbenden. Hornstöße hallten empor, gebrüllte Befehle, das Trampeln Hunderter Stiefelpaare.

Grimma, dritte Heerführerin der Zwerge vom Hohlen Berg, packte den fellumwickelten Schaft ihrer Axt mit beiden Händen; die schweißgetränkte Schafswolle quoll feucht zwischen ihren Fingern hervor. Grimma hetzte den

Treppenschacht nach oben, über breite, flache Stufen, gefolgt von fünf Zwergenkriegern, dem Rest ihrer besten Einheit.

Sie haßte es, der Schlacht den Rücken zu kehren. Sie fühlte sich dabei wie ein Feigling. Aber sie wußte auch, daß jemand die drei Nordlinge aufhalten mußte, denen es gelungen war, sich einen Weg in die oberen Ebenen freizukämpfen. Bis zuletzt hatte sie an der Seite König Thorhâls gekämpft, doch die Schlacht ging dem Ende entgegen, und der Zwergenherrscher selbst hatte Grimma den Befehl gegeben, die Flüchtigen zu verfolgen.

Die fünf Männer in Grimmas Gefolge waren eigentlich zu wenige, um sich den drei Nordlingen entgegenzustellen. Jeder Nordling konnte es mühelos mit zwei oder drei der besten Zwergenkämpfer aufnehmen. Grimma hatte den König nicht ohne ausreichenden Schutz zurücklassen wollen, und seit der Feind die königliche Leibgarde beim Gemetzel in der Großen Säulenhalle aufgerieben hatte, waren Grimmas Einheiten für das Leben Thorhâls verantwortlich. Daher hatte sie auf weitere Männer verzichtet und sich nur mit diesen fünf auf den Weg gemacht. Es war gewagt, aber nicht aussichtslos. Grimma selbst hatte einmal ganz allein zwei Nordlinge niedergemacht, ohne jede Unterstützung, und seither wußte sie, daß nicht jeder ihrer Feinde über gleich große Kraft und Fertigkeit im Kampf verfügte. Zudem war einer der Gejagten verwundet, das verriet die Spur aus Blutstropfen, die vor den Zwergen die Stufen hinaufführte.

Einen Augenblick lang verstummte das Trommeln in der Ferne, nur um einige Atemzüge später wieder aufgenommen zu werden. Die Pause war lang genug gewesen, um Grimma mit wildem Triumph zu erfüllen. Erst ein einziges Mal seit Beginn der Kämpfe vor mehr als zwei Wochen war das Trommeln der Nordlinge aus dem Rhythmus geraten; damals hatte der Bolzen einer Zwergenarmbrust einen der feindlichen Häuptlinge niedergestreckt. Grimma hoffte, daß die neuerliche Unterbrechung einen ähnlichen Grund hatte. Ein weiterer Nordling-Führer war gefallen, und wenn die Berichte der Späher richtig waren, war dies der zweite und letzte gewesen.

Mögen die Götter geben, dachte sie finster, daß die Schlacht bald zu Ende und der Angriff der Nordlinge abgewehrt ist – doch um welchen Preis? Die Verluste unter den Zwergen waren entsetzlich, viel höher als auf der Seite ihrer Feinde. Die Nordlinge, die den Hohlen Berg angegriffen hatten, waren kaum mehr als eine Bande gewesen, keinesfalls eine Armee, und doch hatten sie das halbe Zwergenheer vernichtet. Auch deshalb durfte keiner der Nordlinge überleben; sollte einer von ihnen in seine Heimat zurückkehren und eine neue, größere Truppe um sich scharen, so wäre das Schicksal der Zwerge vom Hohlen Berg besiegelt und damit der Untergang des letzten Zwergengeschlechts am Rhein.

Grimma schaute zur Seite, als Egil, einer ihrer Krieger, neben ihr erschien. »Da sind sie!« zischte er ihr atemlos zu und deutete nach vorne, den Treppenschacht hinauf. »Oben, am Ende der Stufen.«

Eine Falle? Grimma blinzelte zum Ausgang des Treppentunnels. Hatten ihre Gedanken sie derart abgelenkt, daß sie die sicheren Anzeichen eines Hinterhalts übersehen hatte? Liebe Güte, sie wurde alt.

Sie nickte Egil dankbar zu, blieb stehen und hob die Hand. Sogleich bildeten die fünf Krieger eine hufeisenförmige Formation um ihre Anführerin, die Augen wachsam nach außen gewandt, die Streitäxte fest in den schwieligen Händen.

Grimma schaute zwischen den gepanzerten Schultern zweier Krieger hinauf zu dem hohen Torbogen, der den Übergang der Treppe in eine düstere Halle markierte. Die oberste Stufe lag noch gut zwanzig Schritte von ihnen entfernt. Sollten dort oben tatsächlich die drei Nordlinge lauern, so war deren List mißglückt. Doch immer noch konnte Grimma unter dem Bogen nichts erkennen. Keine gehörnte Silhouette, keinen verräterischen Schatten. Und doch – wenn Egil behauptete, etwas gesehen zu haben, dann gab es keinen Zweifel, daß dort tatsächlich etwas war. Zwerge hatten von Natur aus gute Augen, und selbst unter ihnen stach Egil mit seinem scharfen Blick hervor.

Kein ungewohntes Geräusch ertönte, nur das vertraute Plätschern der Wasserrinne, die jeden Korridor und Flur des Hohlen Berges flankierte. Das schmale Rinnsal, kaum breiter als zwei Finger, zeigte an jedem Ort des Zwergenreiches an, ob der Weg nach oben oder unten führte. Mochten die Böden der meisten Gänge und Hallen noch so ebenerdig erscheinen, sie waren es nicht. Kluge Baumeister hatten einstmals diesen Einfall gehabt, um im Labyrinth der Stollen und Säle die Orientierung zu erleichtern. Sogar hier, in diesem Treppenschacht, wo es keinerlei Zweifel am Oben und Unten geben konnte, verlief zu Grimmas Rechten eine Wasserrinne wie ein silbrig glitzernder Faden.

Gellir, ein rotbärtiger Zwerg mit eiserner Augenklappe, schaute über die Schulter zu Grimma. »Da oben ist nichts«, wisperte er. »Wir sollten weiter –«

»Nein!« widersprach Egil in scharfem Flüsterton. »Ich hab' einen von ihnen gesehen.«

»Vielleicht eine Ratte«, sagte Kjartan, der jüngste der fünf Krieger. Er hatte drei Frauen, für die ihn mancher seiner Kameraden beneidete. Auch Grimma hatte er einmal beigelegen – vor dreißig, vierzig Jahren –, und sie schätzte ihn noch heute als engen Freund und Kampfgefährten.

»Eine wahrlich große Ratte muß das gewesen sein«, spottete Egil leise. »Sie lief auf den Hinterbeinen, hatte Hörner und ein Breitschwert. Geh, Kjartan, und zieh an ihrem Schwanz!«

Grimma überhörte das Gerede ihrer Krieger. Alle fünf hatten lange und tapfer gekämpft, und sie wollte ihnen jetzt nicht den Mund verbieten. Wenn die Nordlinge wirklich dort oben warteten, wußten sie ohnehin längst, daß ihre Verfolger nahten.

»Nordlinge verstecken sich nicht«, warf Odd ein, dessen Bart so gerstengelb war wie das Bier, das er meist aus eimergroßen Krügen trank.

Dem mußten alle zustimmen. Nordlinge waren zu groß und grob und ungeduldig, um Hinterhalte zu legen. Anderseits waren die Erfahrungen der Zwerge mit diesem Feind erst zwei Wochen alt, und es mochte manches geben, das sie noch nicht über ihn herausgefunden hatten. Und wer weiß, dachte Grimma argwöhnisch, vielleicht sind die drei ja verzweifelt. Oder todesmutig. Oder beides.

»Es hilft nichts«, entschied sie, »wir müssen weiter. Der

König wäre gewiß nicht erfreut, wenn wir ohne ihre Hörner zurückkehrten.«

Im selben Augenblick erstarb in der Tiefe der Trommelschlag, und diesmal wurde er nicht wieder aufgenommen. Zugleich ertönte das Echo vielstimmigen Gebrülls. Da wußten die sechs Zwerge auf der Treppe, daß die Schlacht in den Minen entschieden war. Die letzten Nordlinge waren gefallen. Bis auf jene drei, deren Spur sie folgten. Das gab ihnen Auftrieb, und unter lautem Kampfgeschrei stürmten sie die Stufen empor, dem Torbogen und der Halle entgegen.

Sie waren keine zehn Schritte vom oberen Treppenabsatz entfernt, als Grimma plötzlich aufschrie.

»Halt!«

Ihr Blick war noch einmal auf die schmale Wasserrinne neben den Stufen gefallen, und diesmal verriet ihr das Rinnsal weit mehr als nur den offensichtlichen Weg nach oben.

Das Wasser hatte sich rot gefärbt. Rot vom Blut des verwundeten Nordlings, der hinter dem Torbogen lauerte!

Sie wollte Befehle brüllen, doch es war bereits zu spät. Odd behielt recht: Die Nordlinge waren nicht geschaffen für Hinterhalte, und auch jetzt war ihre Ungeduld zu groß. Brüllend sprangen sie hinter den turmhohen Steinpfosten des Portals hervor, die mächtigen Breitschwerter im Anschlag, jedes einzelne so lang wie ein Zwerg.

Grimma stand an der Spitze ihrer Einheit, und so galt ihr der erste Schlag des vorderen Nordlings. Seine Klinge fuhr herab und hätte sie von Kopf bis Fuß gespalten, hätte sie nicht im Reflex ihre Streitaxt emporgerissen und den Hieb damit aufgehalten. Die rohe Gewalt des Angriffs ließ sie schwanken, und schon holte der Nordling zum zweiten Mal aus. Wie die Gesichter seiner beiden Gefährten waren auch seine Züge hinter einem Schleier aus Kettengewebe verborgen. Bei jeder Bewegung verursachten die Eisenglieder ein leises Klingeln.

Abermals sauste das Breitschwert herab, doch diesmal tauchte Grimma mit einem Ächzen darunter hinweg, wirbelte die Axt herum und hieb die schartige Schneide tief in den Beinschutz des Nordlings. Zwergenstahl fraß sich knirschend durch das grobe Eisen, schnitt durch Haut und Knochen. Kreischend fiel der Nordling vornüber, warf mit seinem Gewicht Kjartan nach hinten und riß ihn mit sich die Treppe hinunter. Polternd verschwanden die beiden in der Tiefe.

Grimma schaute sich besorgt um. Die vier übrigen Zwergenkrieger hatten sich geteilt und kämpften nun jeweils zu zweit mit einem der beiden Nordlinge. Egil und Odd hieben gemeinsam mit Äxten auf ihren Gegner ein, der jedoch beider Angriffe mühelos abwehrte. Der Nordling überragte sie fast um das Doppelte, und Grimma sah, daß er derjenige war, der aus einer tiefen Wunde am Oberschenkel Blut verlor. Der Schmerz behinderte ihn nicht; der Nordling schien die Verletzung nicht einmal zu spüren, und das war kein gutes Zeichen. Offenbar stand er kurz davor, in Raserei zu verfallen. Grimma hatte in den vergangenen Wochen mehrfach mitangesehen, wie einige der Feinde vom Berserkerwahn überkommen worden waren, und bei aller Tapferkeit hatte sie ihren Göttern gedankt, in diesen Augenblicken nicht in der Reichweite der tobenden Nordlinge zu stehen.

Mit einem hohen Kriegsschrei stürzte sie sich in den

Kampf, gerade als der Nordling Odd mit einem machtvollen Schlag den bärtigen Schädel von den Schultern trennen wollte. Grimma stieß den Zwergenkrieger beiseite und rettete ihm so das Leben, hätte aber ihr eigenes verloren, wenn nicht Egil den Hieb des Nordlings im letzten Moment mit seiner Axt blockiert hätte. Die Wucht des Schlages fegte Egil von den Beinen und warf ihn mehrere Treppenstufen nach unten. Der Nordling ließ sein Schwert ein weiteres Mal rotieren, verfehlte Grimma um Haaresbreite und traf statt dessen Odd, der sich gerade wieder aufrichten wollte. Die Klinge drang in seine Seite, tötete ihn innerhalb eines Wimpernschlages – und blieb in der stählernen Brust- und Rückenpanzerung des Zwerges stecken. Der Nordling zog und zerrte daran. Grimma holte aus und hieb ihm ihre Axt bis zum Schaft in den Unterleib. Der Krieger sackte ohne einen Laut zusammen, sein Blut mischte sich mit dem Odds und sprudelte durch die Wasserrinne hinab in die Tiefen des Berges.

Als Grimma benommen ihre Waffe aus der Leiche löste, taumelte Egil bereits an ihr vorbei, um den beiden anderen Zwergen, Gellir und Bollis, im Kampf gegen den letzten Nordling beizustehen. Grimma folgte ihm, und es dauerte nur wenige Augenblicke, da lag ihr Gegner tot auf den Stufen.

»Wir müssen sehen, was aus Kjartan geworden ist«, rief sie außer Atem, und schon stürmte sie mit Egil und Gellir die Treppe hinunter, während Bollis noch einen Moment zurückblieb, um die Hörner der Nordlinge abzutrennen.

Viele hundert Stufen tiefer kam ihnen Kjartan entgegen, auf seine Axt gestützt wie auf eine Krücke, und die

Wunde in seiner Brust verriet ihnen, daß er sterben würde. Er konnte nicht einmal mehr sprechen vor Schmerz und Erschöpfung. Als er in Grimmas Armen zusammenbrach, drang nur noch ein tonloses Murmeln über seine Lippen. Sanft legte sie ihn auf einer Stufe ab und schloß seine Augen, faltete seine Hände über der Brustwunde und legte die blutige Axt obenauf.

»Er hat gewußt, daß er sterben würde«, sagte sie leise, »und dennoch wollte er noch die Treppe hinaufsteigen und uns beistehen.«

Egil und Gellir nahmen ihre Helme ab, um dem toten Gefährten Achtung zu zollen, ebenso Bollis, als er wenig später hinzukam. Grimma sandte ein Gebet an die Götter, in das sie auch den gefallenen Odd einschloß, dann ließen sie Kjartan zurück und machten sich schweigend auf den Weg in die Minen. Unterwegs, am Fuß der Treppe, fanden sie den Leichnam des dritten Nordlings, den Schädel von Kjartans Axt zertrümmert, und diesmal mußte Bollis die beiden Hörner nur noch vom Boden aufsammeln.

Als sie nach langem Abstieg endlich auf die feiernde Zwergenarmee stießen, war ihnen nicht nach Gesang und Bier zumute. Bollis reichte Grimma die sechs Hörner der Nordlinge, und sie wiederum brachte sie zu Thorhâl, dem König der Zwerge vom Hohlen Berg.

Thorhâl war hochgewachsen für einen Mann seines Volkes, fast so groß wie ein kleiner Mensch, und sein brauner, hüftlanger Bart war von Silberfäden durchzogen wie die Wand eines Bergwerksstollens. Seine grauen Augen blitzten weise und wach. Nicht einmal das Bier, das er zur Feier des Sieges krügeweise trank, vermochte einen Schleier von Trunkenheit über seinen klaren Blick zu legen. Er nahm die Hörner mit ehrfurchtsvoller Geste entgegen, schob sie wie Dolche unter seinen Gürtel, drei an jede Seite, dann legte er Grimma seine schwere Hand auf die Schulter.

»Einmal mehr hast du bewiesen, daß es eine richtige Entscheidung war, eine Frau zur Heerführin zu bestimmen«, sagte er laut, und dabei blickte er streitlustig in den Kreis seiner Berater. Sie alle hatten die Nasen gerümpft, als er Grimma den Posten angeboten hatte. Zwerge leben lange, zweihundert Jahre und mehr, und sie vergessen kaum etwas, und der Disput mit seinen Ratgebern war Thorhâl so frisch im Gedächtnis, als hätte er erst am Tag zuvor stattgefunden.

Grimma mochte es nicht, wenn der König auf ihr Geschlecht anspielte, ganz gleich wie wohlmeinend. »Erst der Kampf macht Krieger aus uns, und fortan ist es ohne Bedeutung, ob wir von Natur aus Kinder oder dumme Ideen gebären.«

Die Zwergenratgeber in ihren langen Roben zuckten merklich, doch Thorhâl brüllte vor Lachen, umarmte Grimma, wie er jeden seiner männlichen Heerführer umarmt hätte, und zog sie dann von den anderen fort.

»Ich brauche deinen Rat, Grimma«, sagte er, als die übrigen Zwerge außer Hörweite waren. »Die Nordlinge sind geschlagen, aber ich glaube, unser Kampf mit ihnen ist noch lange nicht am Ende.«

»Ihr fürchtet, es könnten noch mehr von ihnen hierherkommen?« Grimma war nicht überrascht. Ein jeder hegte diese Angst, und die kommenden Tage würden zeigen, ob sich etwas gegen diese Gefahr unternehmen ließ.

»Es wird zu weiteren Kämpfen kommen«, sagte Thorhâl, »aber nicht hier im Hohlen Berg.«

»Was habt Ihr vor?« Eine Ahnung beschlich sie, es war jedoch kein Gedanke, bei dem sie länger als nur einen Augenblick verweilen wollte.

Der König nahm Grimma beim Arm und wanderte einige Schritte mit ihr in einen verlassenen Minenstollen, der von dem breiten Hauptschacht fortführte, in dem die entscheidende Schlacht stattgefunden hatte. Grimma schätzte solche Vertrautheiten nicht; sie fürchtete, sie könnten Thorhâls listige Ratgeber zu ein paar lästigen Gerüchten ermuntern.

»Seit wie vielen Jahren sind wir nun schon dem Nibelungengeschlecht zur Treue verpflichtet, Grimma? Seit vierhundert, vielleicht fünfhundert?« Es war keine Frage, auf die er eine Antwort erwartete. Als die Nibelungenfürsten sich die Zwerge vom Hohlen Berg untertan gemacht hatten, hatten sie zugleich jegliche Geschichtsschreibung des Zwergenvolkes ausgelöscht. Obwohl seither erst wenige Generationen vergangen waren, gab es längst mehrere Fassungen derselben Geschichte. Was hatte Thorhâls Vorgänger wirklich dazu bewogen, sich dem damaligen Fürsten der Nibelungen unterzuordnen? War es ein Duell gewesen, in dem der Zwergenkönig dem Fürsten Nibelung – dem ersten einer ganzen Reihe von Herrschern dieses Namens – unterlegen war? Oder war der Grund vielmehr eine mißlungene Wette, wie einige behaupteten? Oder aber, und das schien manchem die wahrscheinlichste, wenn auch beschämendste Möglichkeit, hatte der Zwergenherrscher dem Fürsten diesen Pakt vorgeschlagen, um als Preis dafür eine Nacht mit Nibelungs schöner Tochter zu verbringen? Für gewöhnlich fanden Zwerge nichts an den großen, dürren Menschenweibern, doch die enge Freundschaft des alten Königs zu den Menschen war bekannt und hatte manchen Anlaß für Vermutungen gegeben.

Was immer auch die wahre Ursache für die Bindung der Zwerge vom Hohlen Berg an die Nachfahren des Fürsten Nibelung war, so waren die Beziehungen zwischen beiden doch in all den Jahrhunderten niemals offen in Frage gestellt worden. Zwerge standen zu ihrem Wort, auch zu dem ihrer Urahnen, und so schürfte das Volk vom Hohlen Berg auch heute noch Tag für Tag in den Tiefen der alten Minen nach Gold und Silber, um daraus für Nibelungs Kinder und Kindeskinder den prachtvollsten aller Schätze zu fertigen. Schon jetzt war der Hort, der in der tiefsten Halle des Berges aufbewahrt wurde, der größte und herrlichste, von dem die Schreiber und Weisen je gehört hatten. Und obgleich die Nibelungen die Zwerge niemals wie Sklaven oder Leibeigene behandelt hatten, so gab es doch keinen Zweifel, daß sie in Wahrheit genau das waren – willige Arbeiter, die mit jedem Tag den Reichtum der Nachfahren Nibelungs mehrten.

Gewiß, im geheimen hatte es gelegentlich Pläne für eine Rebellion gegeben, für friedlichen, aber auch bewaffneten Widerstand, doch keines dieser Vorhaben war je in die Tat umgesetzt worden. Das Wort des einstigen Königs galt, auch heute noch, und selbst kommende Generationen würden sich daran halten müssen.

Als Thorhâl die Frage stellte, wie lange die Zwerge schon im Dienste der Nibelungen standen, wußte Grimma, auf was er hinauswollte. Und es erschütterte sie zutiefst.

»Ihr könnt nicht ernsthaft vorhaben –«, begann sie, wurde aber vom König unterbrochen.

»Die Nordlinge sind *von unten* in den Hohlen Berg eingedrungen«, sagte er mit fester Stimme, und da wurde Grimma klar, daß er seine Entscheidung längst getroffen hatte. »Wir haben immer gewußt, daß es unterirdische Wege gibt, über die unsere Vorfahren einst in dieses Land kamen. Doch nie hat jemand den geheimen Zugang zur alten Zwergenstraße wiedergefunden.«

Auch das war eine unumstößliche Tatsache. Die Lage des Zugangs war längst vergessen, und selbst die besten Höhlenspäher des Zwergenvolkes hatten ihn nicht mehr finden können – und das, obwohl Zwerge bekannt waren für ihre hervorragende Nase beim Aufspüren geheimer Türen und Tunnel.

Die Nordlinge waren vor zwei Wochen vollkommen unvermittelt im Inneren des Hohlen Berges aufgetaucht, und nur deshalb war es ihnen gelungen, die Zwerge derart in Bedrängnis zu bringen. Es hatte mehrere Tage gedauert, bis auch der letzte Zweifler einsah, daß die Feinde ganz offensichtlich die unterirdische Zwergenstraße benutzt hatten, um aus ihrer Heimat hierher zu gelangen. Sie hatten den verborgenen Zugang von unten aufgestoßen und waren geradewegs ins Herz des Berges einmarschiert.

»Das Tor ist offen«, sagte Thorhâl, hielt Grimma am Arm zurück und blieb stehen. Eindringlich schaute er sie an. »Seit Jahrhunderten ist dies unsere erste Möglichkeit, dem Joch der Nibelungen zu entkommen, ohne mit ihnen in offenen Streit zu treten. Es wird keinen Kampf geben, kein Blutvergießen. Wir werden einfach verschwinden, auf Wegen, die sie nicht kennen und auf denen sie uns nicht folgen können. Sie haben den Hort, und wenn er auch nicht weiter anwachsen wird, so sollte er ausreichen, um zwanzig Menschengenerationen unermeßlichen Reichtum zu bescheren.«

Grimma konnte es noch immer nicht glauben. »Ihr wollt tatsächlich von hier fliehen?«

»Wenn nicht jetzt, dann nie. Begreifst du denn nicht? Es ist unsere erste und einzige Möglichkeit!« Ein tatendurstiges Funkeln stand in seinen Augen, und Grimma las darin die klare Botschaft, daß er Widerspruch nicht dulden würde.

»Ihr habt mich um meinen Rat gebeten«, erinnerte sie ihn vorsichtig und kämpfte das zornige Brodeln in ihrem Inneren nieder. »Ich will ihn Euch geben, Thorhâl, ganz gleich, was Ihr darüber denken mögt.« Ihr Blick bohrte sich in seine Augen, und einen Moment lang war ihr, als zucke er unter ihrer Entschlossenheit zusammen. »Noch nie hat ein Zwergenkönig sein Wort gebrochen, ganz gleich ob gegenüber seinem eigenen Volk oder einem anderen. *Noch nie*, Thorhâl! Was Ihr vorhabt, ist ein Treuebruch ohnegleichen, und er wird das Geschlecht der Zwerge vom Hohlen Berg noch in Jahrhunderten wie ein böser Geist verfolgen. Selbst wenn es Euch gelingen sollte, jeden einzelnen unserer Brüder und Schwestern von Eurem Plan zu überzeugen, so nehmt Ihr damit eine Schuld auf Euch, die in der Geschichte der Zwerge einzigartig ist.«

Er sah plötzlich müde aus, und das war nicht allein eine Folge der Schlacht. »Wenn diese Schuld der Preis für unsere Freiheit ist, Grimma, dann bin ich bereit, ihn zu zahlen.«

»Aber der Eid unserer Ahnen, das Versprechen... « Ihre Hilflosigkeit erfüllte Grimma mit immer größerem Zorn. »Die Männer Nibelungs haben jede Gefahr, die sich uns von außen näherte, zurückgeschlagen. Sie haben dafür mehr als einmal mit ihrem Blut bezahlt. Habt Ihr das vergessen?«

Thorhâl nahm seine Helmkrone ab und fuhr sich durch sein buschiges Haupthaar. »Sie haben niemals für *uns* gekämpft, und das weißt du genau, Grimma. Sie taten es immer nur für ihr Gold, für diesen verfluchten Hort, auf dem wir sitzen wie ein Volk von Glucken.« Plötzlich fuhr er auf: »Verdammt, es ist mir gleichgültig, was die Schreiber einst über die Ehre und den Treuebruch des Königs Thorhâl berichten werden. Ich will, daß unsere Leute wieder ein Leben in Freiheit führen können. Das allein ist es, worauf es ankommt!«

»Und Ihr glaubt wirklich, daß am anderen Ende der Zwergenstraße die Freiheit auf uns wartet? Denkt Ihr das wirklich, nach diesen zwei Wochen des Sterbens und der zahllosen Niederlagen?«

»Am Ende haben wir gesiegt.«

»Und teuer wurde dieser Sieg erkauft, Thorhâl. Mit wie vielen weggeworfenen Leben? Mit wie vielen Witwen und Tränen und wie vielen Fässern voller Blut?« Sie schüttelte niedergeschlagen den Kopf. »Wir wissen nicht einmal, ob oben im Norden, in der alten Heimat, noch ein einziger Zwerg am Leben ist. Was, wenn die Nordlinge längst alle augerottet haben? Wir würden geradewegs in unser Verderben laufen.«

»Das werden wir nicht«, erklärte der König und atmete tief durch. »Auch deshalb wollte ich mit dir reden.«

Grimma starrte ihn schweigend an. Noch bevor er es aussprach, wußte sie, was er von ihr verlangen würde.

»Wir werden Späher durch den alten Tunnel nach Norden schicken«, fuhr er fort. »Wir werden herausfinden, wie es dort aussieht und ob unser Volk dort überleben kann.«

»Eine solche Expedition könnte Jahre unterwegs sein. Sie könnte zerschlagen werden und niemals zurückkehren.«

»Das darf um keinen Preis geschehen!« Thorhâl packte sie hart an den Schultern. »Und genau deshalb will ich, daß du sie anführst, Grimma!«

KAPITEL 1

Der Karren rumpelte schaukelnd den Berg hinauf. Prallgefüllte Säcke und Kisten waren auf seiner Ladefläche gestapelt, vor allem aber zahlreiche Fässer, die schon von weitem den herrlichen Duft von Wein und Bier verströmten. Obbo, der Gastwirt des *Wolfswinkel,* saß auf dem Kutschbock und fluchte über den langsamen Trab des Ponys, obwohl sich das Tier beileibe alle Mühe gab, den schweren Wagen den Pfad heraufzuziehen.

Mütterchen Mitternacht stand vor dem eisernen Portal des Hohlen Berges und blinzelte dem schwankenden Karren entgegen. Nach den Wochen im Inneren des Berges blendete sie das Tageslicht. Trotzdem lächelte sie, als sie sah, daß Obbo der Schweiß in Strömen übers Gesicht lief, ganz so, als sei er selbst es, der die Last des Wagens zu ziehen hätte. Der dicke Wirt trug seine lederne Schürze und einen aus der Form geratenen Hut, von dem er behauptete, er würde die Mücken vertreiben; dabei war doch jedem seiner Freunde im Hohlen Berg klar, daß er damit nur sein schütteres Haar verbarg, mochte der Teufel wissen, vor wem.

Einmal in jedem Mond, manchmal auch öfter, kam Obbo und versorgte sie mit allem, was die vier Verteidiger des Nibelungenhortes nötig hatten: Gemüse, Pökelfleisch, Süßigkeiten für Löwenzahn und natürlich Kostproben aus Obbos vortrefflichem Weinkeller, dazu das würzige Bier, das er eigenhändig im Hinterhaus seines Gasthofs braute. Ohne ihn hätten die vier längst aufgeben müssen, vor allem während des ersten Jahres ihrer Wache im Hohlen Berg, als kaum ein Tag vergangen war, an dem nicht ein neuer Räuberhauptmann am Portal geklopft und die Herausgabe der Schätze verlangt hatte.

Heute, fast zwei Jahre nach dem Raub der Tarnkappe durch Siegfried von Xanten und der Suche der vier Gefährten nach dem Leichnam des letzten Drachen, waren die Angriffe auf den Berg seltener geworden. Dennoch war es nicht allein loses Geröll, das den Weg für Pony und Karren so beschwerlich machte. Der dichte Tannenhain vor dem Tor des Berges war übersät mit Teilen alter Rüstungen, mit alten Gerippen und den Kadavern der letzten Übermütigen, die Einlaß in den Berg gefordert hatten. Immer wieder holperten die Karrenräder über einen Helm oder leeren Brustpanzer, immer wieder stießen die Hufe des Tieres gegen modrige Schädel und verrostete Schilde. Obbo hatte seine Freunde oft angefleht, diesen »Unrat«, wie er es nannte, fortzuräumen, doch Alberich, der Horthüter, bestand darauf, alles liegenzulassen. Zur Abschreckung, meinte er, und Mütterchen gab ihm recht. Das hohe Eisenportal des Berges schützte sie vor dem erbärmlichen Kadavergestank des Schlachtfeldes, und Obbo wurde reichlich dafür entlohnt, daß er hier heraufkam; ein wenig Übelkeit mußte er dafür in Kauf nehmen.

»Obbo!« rief Mütterchen dem fluchenden Wirt entgegen, als er dem Pony mit einer Rute aufs Hinterteil klatschte. »Wann wirst du Geizkragen dir endlich ein Lastpferd kaufen? Der alte Rohland ist für solche Ausflüge zu alt geworden.«

Rohland, das Pony vor Obbos Karren, hatte ihnen vor zwei Jahren während ihrer Reise zum toten Drachen gute Dienste geleistet, und Mütterchen hatte das Tier ins Herz geschlossen. Sie hätte es dem Wirt längst abgekauft, wenn es denn eine Möglichkeit gegeben hätte, es im Hohlen Berg auf angemessene Weise zu halten. Doch in den unermeßlichen Tiefen des verlassenen Zwergenreiches gab es weder Gras noch Sonnenlicht, und sie hätte dem Tier schwerlich einen Gefallen getan, hätte sie es dort hinabgeführt.

Obbo hatte das Portal fast erreicht. Er grummelte irgendeine Antwort auf Mütterchens Zuruf, die sie nicht verstand, und das war wahrscheinlich gut so.

Der *Wolfswinkel* lag in den Wäldern am Ostufer des Rheins. Der Hohle Berg dagegen bildete, gemeinsam mit seinem Zwillingsgipfel, auf dem sich die verlassene Burg der toten Fürsten Nibelung und Schilbung erhob, eine Halbinsel mitten im Fluß, die nur über eine bewaldete Landbrücke zu erreichen war. Vor zwei Jahren hatte Siegfried die beiden Nibelungenfürsten und ihre tapfersten Ritter erschlagen und den Hort im Hohlen Berg für sich beansprucht. Alberich aber, der letzte Zwerg am Rhein, war weiterhin Hüter des Schatzes geblieben, bis zu jenem Tag, an dem Siegfried zurückkehren und den Hort abtransportieren würde. Der Xantener hatte dem Zwerg die magische Tarnkappe gestohlen, was Alberich vor die Schwierigkeit stellte, den Schatz ohne Zauberwerk verteidigen zu müssen. Drei Gefährten hatten sich ihm zur Seite gesellt: zum einen Mütterchen Mitternacht, ehemalige Räuberbraut und einstmals das schönste Weib der Wälder, heute eine rüstige Greisin – ein Wort, für das manch einer schon ein Ohr, einen Finger oder gar das Leben eingebüßt hatte. Dann war da Löwenzahn, ein tumber, aber liebenswerter Hüne, in dessen Adern ein Anteil Hunnenblut floß. Und zuletzt Geist, das rätselhafte Moosfräulein, auf das die Magie des toten Drachen übergegangen war; keiner vermochte genau zu sagen, ob in ihrem Inneren wirklich nur der Zauber oder auch ein Stück vom Drachen selbst weiterlebte.

»Ho!« rief Obbo aus und brachte den Karren vor dem haushohen Portal zum Stehen. Die mächtigen Torflügel waren mit filigranen Einlegearbeiten verziert. Albenschmiede hatten den einzigen Eingang des Hohlen Berges vor vielen Jahrhunderten geschaffen, damals, als noch ein ganzes Zwergenvolk in den unterirdischen Hallen und Fluren lebte.

Doch das war lange her. Heute hauste hier nur noch ein einziger Zwerg, und der drängte sich in eben diesem Augenblick auf höchst unhöfliche Art und Weise an Mütterchen vorbei und trat aus dem Schatten des Torbogens. Seine gespannte Armbrust wies auf Obbos Wanst, so daß der arme Wirt ganz fahl um die Nase wurde.

Obbo hob die Hände und stotterte: »Freund Alberich, ich bitte dich allerfreundlichst, dich zu –«

Alberich raunzte mit grimmiger Miene dazwischen: »Hast du alles dabei, so wie ich es dir aufgetragen habe?«

Mütterchen verzog hinter dem Rücken des Zwerges das Gesicht. *Wie ich es dir aufgetragen habe* – pah! Hätte sie nicht regelmäßig Listen geschrieben und hinab zu Obbo ins Wirtshaus gebracht, würde ihnen allen schon längst der Magen knurren. Alberich hatte sich nie um dergleichen gekümmert. Aber sie wußte auch, daß es dem Zwerg gefiel, mit seiner Wildheit und Kratzbürstigkeit zu prahlen.

Mit einem Blick über Alberichs Schulter vergewisserte sie sich, daß die Armbrust gesichert war. Der Zwerg mochte damit noch so aufgebracht vor Obbos Nase fuchteln, der Bolzen würde sich nicht lösen. Alberich wollte Obbo nur einen Schrecken einjagen, wie er es regelmäßig tat, um den Preis zu drücken. Dabei spielte es für ihn keine Rolle, daß er über einen Schatz von unermeßlicher Größe verfügte. Er knauserte mit jeder Münze, vor allem dem armen Obbo gegenüber.

»Ich habe alles dabei«, versicherte der Wirt. Das Pony stieß ein Schnauben aus, und Obbo zuckte zusammen, als hätte er das Geräusch mit dem Pfeifen der Armbrustsehne verwechselt.

Alberich lachte schadenfroh und senkte die Waffe. »Tut mir leid, Freund Obbo, aber es könnte immerhin sein, daß du Räuber an unser offenes Tor führst.«

»Das glaubst du nicht wirklich!« empörte sich der Wirt.

Der Zwerg stieß ein knarrendes Kichern aus. Mütterchen hatte allmählich Mitleid mit Obbo, der Alberichs Attacken nicht gewachsen war. Natürlich würde der Wirt sie niemals betrügen, ganz gewiß nicht freiwillig, und falls ihn irgendwer dazu zwingen sollte, würde man es ihm mit Sicherheit schon von weitem ansehen. Er war viel zu sehr Wirt mit Leib und Seele, um ein Geheimnis für sich behalten zu können, sogar mit einer Dolchspitze im Rükken.

Zu dritt luden sie die Waren vom Karren und trugen sie durch den offenen Spalt des Tores. Mütterchen verfluchte die Tatsache, daß Löwenzahn mit seinen Bärenkräften nicht bei ihnen war, doch der Halbhunne hatte sich mit Geist in die Tiefen des Berges zurückgezogen, um ein verstopftes Aquädukt zu bereinigen. Löwenzahn war gerne allein mit Geist, und manchmal hänselte Alberich ihn mit seiner Verliebtheit.

Nachdem sie mit dem Abladen fertig waren, kümmerte sich Alberich um die Bezahlung, während Mütterchen zu Rohland ging und ihm die Mähne streichelte. »Bist ein braves Tier«, flüsterte sie ihm ins Ohr und dann noch etwas, das niemand außer ihr selbst und dem Pony verstand. Die Jahrzehnte, die sie an der Spitze ihrer Räuberschar in den Wäldern gehaust hatte, hatten sie viele Dinge gelehrt. Eines davon war, mit Tieren zu sprechen. Sie wußte, daß Rohland jedes ihrer Worte verstand. Zärtlich sprach sie ihm Mut zu, wünschte ihm Kraft für den Rückweg und versprach ihm daheim im Gasthof eine Belohnung. Dann ging sie zurück zu den anderen, drückte Obbo eine Münze für eine große Portion Hafer in die Hand und umarmte ihn zum Abschied.

»Paßt gut auf euch auf!« rief der Wirt über die Schulter, als er den Karren durch den Tannenhain hangabwärts lenkte.

»Und du auf dich!«

Mütterchen und Alberich traten zurück in den Schatten des Tores, in die hohe, düstere Eingangshalle des Hohlen Berges. Alberich machte sich an einer Winde zu schaffen. Krachend schlossen sich die Torflügel, und das Echo hallte vielfach in den Abgründen der ausgestorbenen Zwergenstadt wider.

Nachdem das Tageslicht ausgesperrt war, sah Mütterchen einen Moment lang nichts mehr als Schwärze. Das sonderbare Zwielicht im Hohlen Berg war so schwach, daß sie eine Weile brauchte, ehe sie sich von neuem daran gewöhnte.

Man mag es drehen und wenden wie man will, dachte sie, aber dieser Berg ist nicht für uns Menschen geschaffen. Er will uns nicht in sich haben. Er wehrt sich gegen uns wie ein Körper, der eine Krankheit austreibt.

Sie fragte sich nicht zum erstenmal, wie lange es noch dauern mochte, bis das Fieber ausbrach.

Löwenzahn stand auf einem Felssims oben in der Wand

der Halle, viel zu schmal für seine riesigen Füße. Geist wartete am Boden auf ihn. Der Halbhunne hatte ihr den Rücken zugewandt und beugte sich über eine Steinrinne, die in einer Höhe von zwei Mannslängen an der Wand entlangführte, eines der Hauptaquädukte für die Wasserversorgung im Hohlen Berg. Seit Tagen war es durch irgend etwas verstopft.

Auf dem weiten Hallenboden hatten sich große Pfützen gebildet. Geist suchte mißmutig nach einem Fleck, an dem sie keine nassen Füße bekommen würde. Sie trug keine Schuhe, auch Kleidung war ihr fremd. Ihr zierlicher Körper war mit einem Pelz aus grünbraunem Moos bewachsen, der es ihr draußen in den Wäldern erlaubte, wie ein Chamäleon mit dem Hintergrund zu verschmelzen. Hier aber, in den Tiefen dieser abscheulichen Zwergenstadt, hatte sie diese Fähigkeit verloren. Sie wußte, daß es der Stein war, der ihr derart zusetzte. Sie war ein Moosfräulein, ein Waldgeist, und sie litt unter dem Gewicht des Berges. Der kahle Fels machte sie unglücklich, manchmal gar krank, und ohne ihre gelegentlichen Ausflüge hinaus in die Wälder wäre sie in der naßkalten Dunkelheit zugrunde gegangen. Auch die Magie des Drachen trug dazu bei, daß sie hier unten überleben konnte. Ein wenig von der Vorliebe des Lindwurms für tiefe Gebirgshöhlen war auf sie übergegangen, genug, um im Hohlen Berg existieren zu können.

»Was ist es?« rief sie zu Löwenzahn hinauf, der mit beiden Händen in der Rinne hantierte.

»Es wird dir gefallen!« rief er polternd. Die Wände warfen seine Stimme zurück, viel zu laut und zu häufig. Das unheimliche Echo der endlosen Hallen und Gänge machte Geist angst. Sie vermißte das Singen der Vögel und das Rauschen der Baumkronen weit mehr, als sie hätte in Worte fassen können.

»Wie meinst du das?« Sie rieb sich die Arme, aber auch dadurch wurde ihr nicht wärmer. Die Kälte, die sie spürte, kam von innen, aus ihrem Kopf, und das beunruhigte sie auch heute noch, nach zwei Jahren in diesem Felsenlabyrinth.

Etwas flog von oben auf sie zu. Geist erschrak und machte einen Schritt zurück. Ein feuchtes Knäuel klatschte vor ihr auf den Boden. Löwenzahn lachte wie ein zu groß geratenes Kind, verlor darüber plötzlich seinen Halt und rutschte ab. Mit einem wilden Aufschrei stürzte er zu Boden und landete mit dem Hinterteil in einer Pfütze. Nun war es Geist, die in Gelächter ausbrach. Löwenzahn knurrte etwas, stand schwerfällig auf und rieb sich das Steißbein.

Geist sprang flink auf ihn zu und streckte ihm ihre schmale, moosbedeckte Hand entgegen. »Komm schon«, sagte sie vergnügt und zog ihn mit sich zu der Stelle, an der das, was er von oben herabgeworfen hatte, gelandet war. Gemeinsam beugten sie sich darüber.

Obwohl Geist dem riesenhaften Halbhunnen nicht einmal bis zur Brust reichte, kam sie sich in seiner Gegenwart niemals klein vor. Sie mochte ihn gern, und natürlich war ihr nicht entgangen, daß er sie anhimmelte. Nachdem sie ihr ganzes Leben allein in den Wäldern verbracht hatte, war das eine sonderbare Erkenntnis. Manchmal, wenn sie ihm für etwas danken wollte, ließ sie eine bunte Blume aus ihrem Körper erblühen. Sie wußte, daß ihn das glücklich machte.

»Das ist Moos!« entfuhr es ihr erfreut, als sie das verschlungene Wirrwarr zu ihren Füßen betrachtete.

Löwenzahn nickte. »Moos und ein paar andere widerliche Pflanzen.«

Sie knuffte ihn mahnend gegen den Oberschenkel. »Magst du etwa kein Moos?«

Selbst im ewigen Halblicht des Hohlen Berges konnte sie sehen, daß er rot wurde. Sie kicherte leise und wandte ihre Aufmerksamkeit wieder dem nassen Knäuel zu. Mit beiden Händen hob sie es vom Boden und schnüffelte daran. »Riecht merkwürdig«, gab sie zu.

»Das ist die Nässe«, meinte Löwenzahn. »Wahrscheinlich schimmelt das Zeug schon eine ganze Weile vor sich hin.«

»Schimmel!« stieß Geist wie einen Jubelschrei aus. »Pilze! Wunderbar! Glaubst du, es gibt hier noch mehr davon?«

Ein Seufzer stieg aus Löwenzahns mächtigem Brustkorb empor. »Wird es wohl, bei der Feuchtigkeit.«

»Aber ich habe in der ganzen Zeit noch keine einzige Pflanze hier im Berg gesehen, nicht die winzigste.«

»Es muß doch irgendwo eine Art Sammelbecken oder Quelle für die Wasserversorgung geben«, sagte Löwenzahn. »Vielleicht gibt es dort noch mehr davon.«

Geist richtete sich begeistert auf. »Aber ja doch!« rief sie. »Wir müssen diesen Ort suchen, ja?«

»Sicher«, meinte Löwenzahn ohne große Begeisterung. Seine Fell- und Lederkleidung war von der Arbeit am Aquädukt völlig durchnäßt, und der Gedanke an noch mehr Wasser war ihm zuwider.

»Schon gut«, meinte Geist verständnisvoll. Ihre Moosfinger streichelten hauchzart über seine narbige Wange, eine Bewegung, so schnell, daß er sie beinahe nicht bemerkt hätte. »Ich gehe allein.« Und im selben Augenblick hatte sie sich bereits herumgedreht und verschwand in der Dunkelheit unter dem nächsten Torbogen.

»Geist!« rief Löwenzahn ihr hinterher. »Warte auf mich!«

»Geh ruhig allein nach oben«, rief sie aus dem benachbarten Höhlensaal. Dann hörte er nicht einmal mehr ihre tänzelnden Schritte.

Löwenzahn stand allein in der riesigen Halle, wassertriefend und besorgt. Er fluchte, ganz leise nur, um das geisterhafte Echo nicht herauszufordern.

Geist war so erfreut über die Aussicht, irgendwo in den öden Weiten des Hohlen Berges Pflanzen aufzuspüren, daß sie eine Weile brauchte, ehe ihr klar wurde, daß sie mit einemmal ganz auf sich gestellt war.

Sie selbst, Mütterchen und Löwenzahn hatten es sich zur Regel gemacht, niemals einzeln durch das untergegangene Zwergenreich zu streifen. Im Gegensatz zu Alberich, der sein ganzes Leben allein im Berg verbracht hatte, fiel es ihnen schwer, in den labyrinthischen Anlagen die Orientierung zu behalten. Sicher, es gab die schmalen Wasserrinnen im Boden, die einem anzeigten, in welcher Richtung der Weg nach oben oder unten führte, doch waren da ansonsten weder Pfeile noch andere Wegmarken, die es einem gestatteten, sich zurechtzufinden.

Geist folgte auf der Suche nach einem Wasserbecken dem Verlauf des Aquädukts. Immer wieder verschwand die breite Rinne inmitten der Wände. Anders als für die schmalen, weitverzweigten Rinnsale am Boden hatte man für die Wasserleitung den schnellsten Weg nach unten geschaffen. Geist mußte zahlreiche Umwege in Kauf nehmen, in der Hoffnung, das Aquädukt auf der anderen Seite der Mauern und Monumente wiederzufinden.

Einmal kam sie an einen bodenlosen Abgrund. Von unten wehte ein eisiger, übelriechender Wind herauf. Die Böen schienen mit unsichtbaren Fingern nach ihren Gliedern zu tasten, als wollten sie sie hinab in die Tiefe zerren. Es gab weit und breit keine Brücke, allein das Aquädukt reichte von einer Felskante zur anderen. Es war auf eine einzelne Säule gestützt, die endlos hinab in die Tiefe abfiel, und bei genauem Hinsehen erkannte Geist, daß schmale Stufen rund um die Säule nach unten führten. Es gab viele solcher sinnloser Treppen und Stiegen im Hohlen Berg, Stufen, die scheinbar ins Nichts wiesen, inmitten glatter Steilwände endeten oder als Sackgassen vor kahlen Mauern. Das gleiche galt für die verwinkelten Tunnel und Flure. Wer sich, wie Alberichs drei Gefährten, nicht auskannte, mußte jederzeit damit rechnen, hinter der nächsten Biegung vor einer Wand oder einem tiefen Felsenschlund zu stehen. Die Zwerge waren ein sonderbares Volk, und noch sonderbarer waren die Gedankengänge ihrer Baumeister. Geist, die alles an den Gesetzmäßigkeiten der Natur und des Waldes maß, fand keinen Zugang zur Denkweise dieser Wesen, schlimmer noch, die Absurdität ihrer Architektur erfüllte sie mit Unruhe.

Vorsichtig näherte sie sich dem Abgrund und der Wasserrinne, die ihn überspannte. Sie setzte einen Fuß in das offene Aquädukt und zitterte, als das eiskalte Wasser ihre Haut umspülte. Nach einem tiefen Luftholen begann sie, zur anderen Seite zu balancieren, geradewegs über den schwarzen Schlund. Geist war es gewohnt, über die Äste der Bäume zu klettern, und so behielt sie auch jetzt mühelos ihr Gleichgewicht. Manchmal schien es ihr, als rührte sich etwas in der Finsternis unter ihr, vielleicht die Schwärze selbst; und doch ängstigte sie die absolute Leere weit mehr als die Vorstellung, daß etwas darin lauern mochte. Erstens war der Berg verlassen, das hatte Alberich ihnen versichert, und was immer Geist dort unten sehen mochte, konnte nur ein Wesen ihrer überreizten Phantasie sein; zum zweiten aber flößten ihr nach ihrem behaglichen Leben im Wald große, leere Räume Furcht ein, und davon gab es wahrlich genug in dieser schrecklichen Höhlenwelt.

Sie erreichte die andere Seite ohne Zwischenfälle. Dort entdeckte sie, daß sich die Wasserrinne mit einem zweiten Aquädukt vereinigte und in einer mannshohen Öffnung verschwand. Zu ihrer maßlosen Freude entdeckte sie an den Rändern weitere Spuren von Moos und Algen, und sie hatte jetzt keine Zweifel mehr, daß sie an ihrem Ziel tatsächlich finden würde, was sie suchte.

Ohne länger zu zögern, stieg sie durch die Öffnung in einen abschüssigen Kanal, in dem ihr das Wasser bis zu den Knien reichte. Die Strömung war hier schneller und riß sie mehrmals fast von den Füßen. Dennoch dachte Geist nicht daran umzukehren. Irgendwo vor ihr, unter ihr, befand sich ein Ort, an dem sie sich erstmals seit zwei Jahren wieder ein wenig wie zu Hause fühlen würde.

Löwenzahn fluchte noch immer, von Mal zu Mal lauter, und allmählich verlor das Echo seine Schrecken. Der Widerhall seiner Flüche wurde ihm zum ständigen Begleiter, und das milderte ein wenig das Unbehagen, das er angesichts der Einsamkeit in den düsteren Katakomben empfand.

Geists nasse Fußabdrücke hatten ihn ein gehöriges Stück tiefer in den Irrgarten der Hallen und Gänge geführt, doch irgendwann verblaßte die Feuchtigkeit, und die Spur endete im Nichts.

Eines der Wunder des Hohlen Berges war es, daß nahezu jeder seiner Winkel von diffusem Zwielicht erfüllt war. Mütterchen behauptete, es dränge geradewegs aus den Wänden, genauso wie die Nässe, doch Alberich bestand darauf, daß es der Glanz des Nibelungenhortes sei, der den Berg durchleuchtete. Freilich lag der Schatz an der tiefsten Stelle des Zwergenreiches, und es hätte eines ausgefeilten Netzes aus Spiegeln bedurft, um seinen Glanz im ganzen Berg zu verbreiten. So blieb die Wahrheit über das wundersame Halblicht ungeklärt.

Für Löwenzahn hatte das Ganze ohnehin keine Bedeutung. Hauptsache, er konnte erkennen, wohin er die Füße setzte – und das war leider nicht immer der Fall. Das Licht nämlich schien für die empfindlichen Augen der Zwerge gemacht, nicht aber für die weit groberen der Menschen. Und gerade jetzt, während seiner Suche nach Geist, hätte er gegen eine Fackel oder Öllampe nichts einzuwenden gehabt.

Nach einer Weile gelangte er an einen Abgrund, und

dort sah er gerade noch, wie eine zierliche Gestalt auf der gegenüberliegenden Seite in einem runden Schacht verschwand. Geist mußte an dem Aquädukt entlanggeklettert sein, das sich über die Tiefe spannte. Löwenzahn mußte nicht einmal einen Fuß darauf setzen, um zu wissen, daß die Konstruktion aus Tonziegeln für ihn selbst viel zu schmal und baufällig war. Er rief Geists Namen, doch sie war bereits fort. Abermals fluchte er, und das Echo schien ihm aus der Tiefe zu antworten, nicht mit einer Wiederholung, sondern mit eigenen unverständlichen Silben. Löwenzahn lief es eiskalt den Rücken hinunter.

Er wandte sich nach rechts und ging lange Zeit an der schroffen Felskante entlang. Endlich, als er das Aquädukt bereits nicht mehr hinter sich sehen konnte, stieß er auf eine steinerne Brücke. Sie war nicht breit und schien ihm keineswegs vertrauenserweckend. Mit vorsichtigen Schritten lief er zur anderen Seite und kam dort wohlbehalten an. Von dort aus rannte er so schnell er konnte zurück zum Aquädukt und zu der Öffnung, in der er Geist hatte verschwinden sehen. Als er den Schacht erreichte, rief er noch einmal den Namen des Moosfräuleins, doch auch diesmal bekam er keine Antwort.

Mißmutig prüfte er mit den Fingern die Wassertiefe des Kanals, dann zuckte er seufzend mit den Schultern und stieg hinein. Er mußte sich während des ganzen Weges in der Röhre bücken, um nicht mit dem Kopf anzustoßen, und ihm fielen kaum mehr neue Flüche ein, mit denen er seine verdammenswerte Lage bedenken konnte. Er würde ein ernstes Wort mit Geist reden müssen, wenn er sie denn jemals in diesem Wirrwarr aus Tunneln, Schächten und Sälen wiederfand.

Er verlor allmählich jegliches Zeitgefühl. Wie lange lief er dem Moosfräulein nun schon hinterher? Bald einen halben Tag, fürchtete er, und da der Weg beständig abwärts führte, mußte dies bedeuten, daß er in Kürze den alten Wohnbereich der Zwerge verlassen und in die leerstehenden Minenschächte vordringen würde. Dort unten aber, das wußte er von gelegentlichen Abstiegen an Alberichs Seite, fiel es noch schwerer, den Überblick über Richtung und Entfernung zu behalten.

Er kam an eine Gabelung, an der sich zwei weitere Kanäle mit jenem, den er benutzte, vereinigten. Das Wasser stieg noch höher und floß immer schneller, ohne daß der Hauptkanal breiter wurde. Mittlerweile reichte die Oberfläche bis zu Löwenzahns Hüften, und er begann, erbärmlich zu frieren.

Und dann, als er schon glaubte, daß er niemals an ein Ende der Wasserwege gelangen würde, spuckte ihn der Kanal in einen unterirdischen See. Löwenzahn wurde von der Strömung unter die Oberfläche gerissen, schluckte Wasser und schlug voller Panik um sich, bis es ihm endlich gelang, zurück an die Oberfläche zu gelangen und sich umzuschauen.

Er befand sich in einer domartigen Grotte, deren Wände unbehauen und über und über mit Moos und einer Art Efeu bewachsen waren. Die Decke vermochte er nicht zu erkennen, so hoch schwebte sie über ihm; sie verschmolz in der Ferne mit dem grünlichen Zwielicht. Der See war nicht besonders groß, vielleicht dreißig Schritte von einer Seite zur anderen. Allerdings bemerkte Löwenzahn am gegenüberliegenden Ende einen Strudel, der auf den ersten Blick harmlos wirkte, wohl aber groß genug war, um einen ausgewachsenen Menschen in die Tiefe zu ziehen. Offenbar hatte Löwenzahn Glück gehabt, daß er an dieser Seite hineingespült worden waren. Mindestens zwei Dutzend Kanäle mündeten rund um den See in die Grotte, und aus allen rauschte das Wasser in weißen Säulen hinab zur aufgeschäumten Oberfläche.

Löwenzahn war alles andere als ein geübter Schwimmer, trotzdem gelang es ihm, mit unbeholfenen Arm- und Beinstößen zum Ufer zu gelangen. Der sichtbare Teil des Sees nahm nur etwa zwei Drittel des Höhlenbodens ein, der Rest bestand aus einer glatten Felsplatte. Sie schien über der Wasseroberfläche zu schweben, denn der See setzte sich unter ihr fort, aber das erkannte Löwenzahn erst im Näherkommen. Nur um Haaresbreite gelang es ihm, einer plötzlichen Strömung zu entkommen, die ihn unter die Felsscholle ziehen wollte.

Prustend und keuchend zog er sich ins Trockene. Das seltsame Dämmerlicht schien hier noch eine Spur düsterer zu sein als in den höhergelegenen Ebenen des Berges, und so erkannte er die kleine Gestalt vor der moosüberwucherten Wand erst beim zweiten Hinsehen.

»Geist!« rief er erleichtert aus. »Da bist du ja!«

Die Gestalt schrak zusammen, ein schwarzer Scherenschnitt vor dem Dunkelgrün der Mooswand, machte erst einen Schritt auf Löwenzahn zu, dann wandte sie sich plötzlich ab und stürmte zum entfernten Rand der Felsscholle.

Löwenzahn sprang auf und lief verständnislos hinterher, rief immer wieder Geists Namen, doch die Gestalt rannte weiter vor ihm davon, blieb noch einmal an der Kante der Scholle stehen und stürzte sich dann kopfüber in die Fluten.

Löwenzahn schrie auf und wollte hinterherspringen, ungeachtet des nahen Strudels und der gefahrvollen Strömungen, als plötzlich hinter ihm ein helles Stimmchen fragte: »Was tust du denn hier?«

Er fuhr herum, und da stand Geist, am anderen Ende der Scholle, unweit eines schmalen Durchgangs in der Felswand. Ihr Moospelz war trocken, und ihre hellblauen Augen glänzten wie Himmelssplitter.

»Bist du mir den ganzen Weg hinterhergelaufen?« fragte sie laut, um den Lärm des sprudelnden Wassers zu übertönen. Eilig huschte sie näher.

Vor Erleichterung vergaß Löwenzahn für einen Moment die Frage, wer sich gerade vor seinen Augen in den See gestürzt hatte. Er umarmte das Moosfräulein herzlich, und die Begeisterung in ihrem Blick trieb ihm fast die Tränen in die Augen.

»Siehst du das?« rief sie euphorisch aus und umfaßte mit einer weiten Geste die ganze Grotte. »All diese herrlichen Pflanzen! Das ist Moos, Löwenzahn! Echtes Moos!« Sie löste sich von ihm und sprang aufgeregt umher. »Daß es tatsächlich zwei Jahre dauern mußte, um diesen Ort zu finden! Sag selbst, ist das alles nicht wunderschön?«

Löwenzahn nickte, auch wenn er in Wahrheit wenig beim Anblick der feuchtglänzenden Moos- und Pilzkulturen an den Wänden empfand. Er wollte Geist nicht die Freude verderben, und doch konnte er nicht anders, als an die Kante der Scholle zu treten und hinab zur Wasseroberfläche zu blicken. Er suchte etwas, einen Schemen, Luftblasen vielleicht, irgend etwas, das ihm bewies, daß ihm seine Augen vorhin keinen Streich gespielt hatten. Er *hatte* jemanden gesehen. Oder hatten ihn das schwache Licht und die ungewohnte Umgebung getäuscht?

»Hast du irgendwas im Wasser verloren?« fragte Geist verwundert.

»Ich dachte, ich hätte etwas gesehen.« Löwenzahn verstand im Lärm der Kanäle kaum seine eigenen Worte.

»Ach, komm schon!« rief sie ausgelassen und faßte ihn am Arm. »Ich zeige dir noch etwas.«

Sie führte ihn zu dem schmalen Durchlaß im Fels. Dahinter lag eine zweite Grotte, viel kleiner als die erste. Wände und Decke waren hinter dichten Vorhängen aus Pflanzen verborgen, langen, kleinblättrigen Ranken, die an manchen Stellen bis zum Boden baumelten. Die Luft in der kuppelförmigen Grotte war drückend vor Feuchtigkeit und Wärme.

Löwenzahn sah sich verblüfft um. »Warum ist es so heiß hier drinnen?«

»Von den Wänden fließt warmes Wasser«, meinte Geist schulterzuckend. »Irgendwo muß eine heiße Quelle sein. Ist das nicht herrlich?«

Insgeheim schauderte Löwenzahn. Er hatte schon von heißen Quellen erzählen hören, auch von feuerspeienden Bergen, aus denen glühendes Gestein hervorplatzte wie Eiter aus einer Pestbeule. Mit einemmal fühlte er sich hier unten trotz der Wärme alles andere als wohl. Er wünschte sich, er hätte Geist überzeugen können, so schnell wie möglich von hier zu verschwinden. Aber er wußte auch, daß sie viel zu glücklich war, um seine Sorgen teilen zu können.

Geist tanzte umher wie ein kleines Mädchen beim ersten Schneefall, sprang fröhlich von Ranke zu Ranke, legte sich die Enden wie Schmuck um den Hals und lachte vergnügt.

»Glaubst du«, fragte Löwenzahn argwöhnisch, »daß es hier unten irgendwelche Tiere gibt?«

»Ich habe keine gesehen«, erwiderte Geist, ohne von ihrem Spiel mit den Pflanzen abzulassen. »Sag bloß, du fürchtest dich?«

»Niemals!« grollte er. »Löwenzahn hat bestimmt keine Angst vor Kraut, das von der Decke wächst.«

»Dann komm her und faß es an.«

Löwenzahn blieb am Eingang der Grotte stehen. »Ich glaube, wir sollten besser wieder nach oben gehen. Die anderen werden sich Sorgen machen. Es wird Abend sein, bis wir bei ihnen sind.«

Geist verzog das Gesicht. »Nur noch ein wenig.«

»Willst du, daß sie uns suchen müssen?«

Sie seufzte schwer, dann drehte sie sich um und rieb eine der Ranken zärtlich an ihrer Wange. »Ich verspreche euch, daß ich wiederkomme«, sagte sie zu den Pflanzen. »Gleich morgen.«

Löwenzahn faßte insgeheim den Entschluß, daß er sie niemals allein hierhergehen lassen würde. Noch immer rätselte er, was sich da vor seinen Augen in den See gestürzt hatte. Er fragte sich, ob es vielleicht im schmalen Hohlraum unter der Felsscholle wartete, bis sie fort waren.

Narretei, schalt er sich. Niemand hätte der Strömung standhalten können. Geist und er hatten lediglich Glück gehabt, daß sie an einer Stelle im See gelandet waren, die ungefährlich war. Ein paar Schritte näher am Strudel, und keiner von ihnen hätte überlebt.

Das brachte ihn gleich zur nächsten Schwierigkeit. »Wie sollen wir eigentlich wieder hier herauskommen?« Der Wasserstrom aus den Kanälen war viel zu stark, um von außen hineinzuklettern.

Geist lächelte. Inmitten ihrer bemoosten Züge wirkten ihre Zähne unnatürlich weiß. »Schau«, sagte sie und sprang zwischen den Ranken zur anderen Seite der Grotte. Als sie mit beiden Händen einen Teil des naßglänzenden Dickichts beiseiteschob, kam ein schmaler Riß im Felsen zum Vorschein. Dahinter führten grob behauene Stufen nach oben.

»Was hältst du davon?« fragte sie triumphierend und trat durch die Öffnung.

Löwenzahn schaute sich ein letztes Mal zur großen Grotte um, sah nichts außer Stein und tobender Strömung, dann folgte er Geist. Die Ranken, die ihn streiften, fühlten sich an wie die feuchten Finger einer Wasserleiche. Geist lief voraus, die engen Stufen hinauf. Der Treppenschacht umschloß sie mit kaltem, ödem Fels. Löwenzahn hätte nie geglaubt, daß er dafür einmal dankbar sein würde.

KAPITEL 2

T*rommeln. Trommeln in der Tiefe!*

Alberich schrak auf. Er lehnte an der Innenseite des Portals, und die Kälte des eisernen Torflügels biß wie Ameisengift in seinen Rücken. Einen Augenblick lang war er verwirrt, wußte nicht, wo er sich befand. Dann dämmerte es ihm: Er war während seiner Nachtwache am Tor eingeschlafen. Und als wäre das nicht Schande genug, hatte er dabei noch seine Waffe fallengelassen. Hastig hob er die Geißel mit den sieben goldenen Stachelkugeln vom Boden auf und sah sich um. Gut, niemand hatte bemerkt, daß er eingenickt war. Die anderen lagen in ihren Quartieren, weiter unten im Berg.

Sein nächster Blick ging durch die Sichtluke nach draußen, über den winzigen Vorplatz hinweg zum dunklen Tannenhain. Der Mond schien hell vom Nachthimmel herab und überzog die Wipfel mit Silbertau. Keine Menschenseele war zu sehen, nur ein Uhu gurrte leise im Geäst.

Trommeln!

Die Erinnerung kehrte auf einen Schlag zurück. Er hatte Trommeln gehört!

Ach was, er mußte geträumt haben. So sehr er jetzt auch horchte, er hörte doch nur seinen eigenen Atem und das Blut, das in seinen Ohren rauschte.

Er hätte es niemals zugegeben, nicht unter der schrecklichsten Folter, aber er war froh, daß er seine drei Gefährten hatte, mit denen er sich die Wacht über den Hohlen Berg teilen konnte. Nicht, daß er ihnen je offen dafür gedankt hätte – sie wären nur übermütig geworden, und überhaupt, lieber hätte er sich eigenhändig die Zunge herausgeschnitten –, doch ohne sie wäre der Nibelungenhort längst in die Hände von Dieben und Raubrittern gefallen. All die Angriffe, die sie in den vergangenen zwei Jahren gemeinsam abgewehrt hatten, all die Kämpfe, all das Blutvergießen – er allein wäre dem nicht gewachsen gewesen.

Daß er neuerdings während der Nachtwache am Tor einnickte, war nur ein weiterer Hinweis darauf, daß seine Kräfte nachließen. Er war nicht mehr der junge Zwerg, der einst mit Hilfe der Tarnkappe den Berg vor Eindringlingen bewahrt hatte. Schon seine schmähliche Niederlage gegen den Xantener hatte angekündigt, daß auch der größte aller Zwergenkrieger älter wurde. Als nächstes würden die Gelenke knirschen, der Rücken schmerzen, die Händ zittern. Sogar sein Bart würde schütter werden.

Der Traum hatte eine Erinnerung in ihm geweckt. An etwas, das ihm jemand erzählt hatte, vor vielen, vielen Jahren. Etwas aus seiner Kindheit, über Angriffe aus dem Inneren der Erde, über einen Feind, der so grausam war, daß die Zwerge ihn nur mit Glück und dem Beistand der Götter hatten zurückschlagen können. Das war noch zu Zeiten des alten Thorhâl gewesen, des letzten Königs unter dem Berg. Thorhâl der Schwächling. Thorhâl der Verräter, wie die Nibelungen ihn genannt hatten. Und Alberich hatte ihnen beigepflichtet.

Er betrachtete die Goldgeißel in seiner Hand, die sieben glänzenden Stachelkugeln, lauschte auf das zarte Klirren, wenn sie aneinanderschlugen. Er hatte schon mit dieser Waffe gekämpft, als seine drei Gefährten noch nicht geboren waren. Alberich war um ein Vielfaches älter als sie, und doch hatte er in seinem langen Leben nichts gesehen als das Innere des Hohlen Berges und den Weg über die Landbrücke zu Obbos Gasthof. Erst seine Reise zur Drachenhöhle hatte ihn für eine Weile von hier fortgeführt, und seine Erinnerung daran war wenig erquicklich. Die Ereignisse dort hatten ihn beinahe das Leben gekostet.

Vielleicht war ja alles vorherbestimmt. Vielleicht hatten die Götter nicht gewollt, daß er den Hohlen Berg verließ.

Nun, er hatte die Lektion begriffen.

Trommeln!

Alberich ließ die Geißel fast ein zweites Mal fallen. Es

war kein Traum! Diesmal hatte er die Laute ganz deutlich gehört. Zwei, drei pochende Trommelschläge, die im Echo des Berges ein geisterhaftes Eigenleben gewannen. Das konnte nicht sein! *Durfte* nicht sein!

Mit bebenden Fingern verriegelte er die Sichtluke des Portals, eilte dann durch die riesige Eingangshalle mit ihren haushohen steinernen Türwächtern bis zum Absatz einer breiten, flachstufigen Treppe. So schnell wie nie zuvor sprang er sie hinunter, erreichte eine Plattform über einem tiefen Abgrund und nahm dort eine Abzweigung in einen Seitengang. Hier befanden sich, hinter Vorhängen aus grobem Stoff, die Schlafquartiere der Gefährten.

Alberich riß Löwenzahns Vorhang zur Seite, baute sich vor dem Lager des Halbhunnen auf und rüttelte kräftig an dessen Schultern; sie waren fast so breit, wie Alberich hoch war.

Der Krieger öffnete knurrend ein Auge. »Was willst du?«

»Du mußt hoch zum Tor, meine Wache übernehmen!« rief Alberich atemlos. »Sofort!«

Löwenzahns Auge fiel wieder zu. »Ja, ja.« Und schon schlief er weiter. Alberich schüttelte ihn und fluchte. Vergebens. Löwenzahn und Geist waren erst am späten Abend zurückgekehrt, vollkommen erschöpft, und schon nach wenigen Worten waren sie in ihren Quartieren verschwunden. Wahrscheinlich würde Löwenzahn auch dann weiterschlafen, wenn der Berg um ihn zusammenbrach.

Alberich sprang zurück auf den Gang und versuchte es bei Mütterchen. Die alte Räuberin war in Windeseile hellwach, obgleich sie keinen Zweifel daran ließ, daß ihr die Störung alles andere als behagte.

»Du bist eine Plage, Alberich Horthüter!« schimpfte sie und rieb sich die Augen.

»Bitte«, flehte er, »übernimm meine Wache am Tor. Ich muß hinunter zum Hort.«

Mütterchen riß die Augen auf. »Mitten in der Nacht?«

»Ich habe –« Und er brach ab, um zu überlegen, ob er Mütterchen von den Trommelschlägen erzählen sollte. Er beschloß, vorerst zu schweigen. Mütterchen würde ihm nur vorwerfen, daß er eingeschlafen war und geträumt hatte. »Es ist wichtig«, sagte er deshalb nur und hoffte, Mütterchen würde keine weiteren Fragen stellen.

Tatsächlich seufzte sie nur und stand auf. Soviel Gleichmut war für sie höchst ungewöhnlich und mußte daran liegen, daß sie noch immer furchtbar müde war.

Alberich wartete nicht ab, bis sie sich angekleidet und bewaffnet hatte. Statt dessen lief er hinaus auf den Gang, rief über die Schulter ein knappes »Danke!« und eilte von der Plattform aus eine zweite Treppe hinab, die tiefer ins Herz des alten Zwergenreiches führte.

Er durchquerte mehrere Ebenen, die zum Teil so wirr miteinander verschachtelt waren, daß nur ein Zwerg die Grenzen zwischen den Stockwerken ausmachen konnte. Alberich lief achtlos durch die Große Halle der Schnitzwerke, ein hoher Saal, in dem hölzerne Skulpturen eines verrückten Zwergenkünstlers vermoderten. Gleich daran schloß sich eine Halle an, in der Statuen aus Stein über reichverzierte Wände wachten, Werke begabter Steinmetze, deren Arbeiten den felsverliebten Zwergen viel näher waren als der verhaßte Umgang mit Holz.

Weitere Treppen, weitere Kammern und Säle, und immer noch hatte Alberich nicht einmal das obere Drittel des Zwergenreiches hinter sich gelassen. Im magischen Zwielicht des Felslabyrinths sah er so deutlich wie ein Mensch bei Tageslicht, und doch erfüllte ihn die Weite und Leere der endlosen Flure und Hallen zum erstenmal mit Schaudern. Er stellte sich vor, wie es einst gewesen war, als hier ein gnadenloser Krieg getobt hatte. Ein Krieg, der sich durch fernes Trommeln angekündigt hatte.

Atemlos, mit rasendem Herzen, blieb er einen Augenblick stehen, am Grunde einer künstlichen Schlucht aus behauenen Felswänden, die übersät waren mit einer Heerschar grinsender Wasserspeier. Hoch über ihm wölbte sich ein Himmel aus Granit, so weit entfernt wie Gewitterwolken über dem Rhein. Die stumme Majestät dieses Anblicks hätte Alberich zu jedem anderen Zeitpunkt vor Ehrfurcht erstarren lassen, schwärmend im Angesicht solcher Pracht. Doch jetzt hatte er für solche Dinge keine Zeit.

Er horchte. Beinahe hoffte er, das unheimliche Trommeln möge sich noch einmal wiederholen, nur damit er Gewißheit hatte, daß er sich nicht täuschte. Doch jetzt herrschte Stille im verlassenen Zwergenreich, abgesehen vom Brausen unterirdischer Luftströme und dem leisen Plätschern der Wasserrinnen. Kein Trommeln mehr und auch kein anderer Laut, den man dafür hätte halten können.

Alberich wickelte die Ketten der Goldgeißel mit einer beiläufigen Handbewegung um den Griff. Schlimm genug, daß sein Atem so raste und sein Herz laut genug schlug, um selbst Löwenzahn aus seinem Schlummer zu reißen. Er mußte seine Anwesenheit nicht auch noch durch das Klingen der Stachelkugeln verraten.

Er verharrte noch einen Augenblick, dann setzte er seinen Weg fort. Das Trommeln konnte von überall hergekommen sein, aus jedem Winkel der Zwergenstadt, und doch sagte ihm eine innere Stimme, daß sein Ursprung in den unteren Ebenen zu finden war, in den alten Minenschächten oder, schlimmer noch, in der Horthalle.

Im Grunde aber sprach alles für ein Hirngespinst. Warum sollte jemand, dem es wider Erwarten gelungen war, in den Berg einzudringen, eine Trommel schlagen? Würde er nicht so leise wie möglich einstecken, was es einzustecken gab, und sich ohne viel Aufhebens davonmachen? Alberich war kein Dieb, doch er verstand genug von der Räuberei, daß ihm die Geräusche einige Rätsel aufgaben. Wenn er ehrlich zu sich war, konnte es nur eine Lösung geben: In Wahrheit hatte es gar keine Geräusche gegeben, ganz gewiß kein Trommeln. Sollte er nicht genug Ehrgefühl aufbringen, sich seinen Fehler – schlimmer: seine Panik – einzugestehen?

Doch so einfach war das nicht. Er war der Horthüter, der Wächter vom Hohlen Berg. Und es war seine Aufgabe, ungewöhnlichen Lauten nachzugehen, noch dazu, wenn sie wie das Dröhnen fremder Kriegstrommeln klangen.

Unter den feindseligen Blicken der Wasserspeier durchquerte er die Schlucht, stieg an ihrem Ende eine enorme Freitreppe hinab und machte sich auf zum nächstbesten Schacht, der ihn auf geradem Weg in die Minen führen würde.

Er hatte gerade den Zugang zum höchstgelegenen

Minenstollen erreicht, als das Trommeln von neuem begann.

Und diesmal klang es nah!

Die Stollen waren nur grob aus dem Fels gehauen, kein Vergleich zu den reliefgeschmückten Fluren und Hallen des Wohnbereichs. Decken und Wände der Minen waren durch Balken abgestützt. Wasserrinnen gab es hier nicht. Alberich mochte sich täuschen, aber er hatte das Gefühl, als sei das Licht hier unten schwächer, trotz der größeren Nähe zum Hort. Fast, als würde der magische Glanz des Goldes von den kantigen, häßlichen Wänden der Minenstollen abgestoßen; eine Flucht der Anmut vor dem Unvollkommenen. Ein weiterer Beweis dafür, daß der Hortglanz einen eigenen Willen, ein eigenes Leben besaß. Alberich war sicher, daß der ganze Berg in Finsternis versinken würde, wenn der verfluchte Xantener seine Drohung wahrmachen und den Schatz von hier fortbringen würde. Alberich würde lieber sterben, als diesen Tag mitzuerleben.

Das Trommeln ging weiter, dumpfes, träges Dröhnen. Alberich lockerte die Ketten der Goldgeißel und stieg tiefer in das Labyrinth der Stollen. Nach einigen hundert Schritten gelangte er an eine Stelle, an der die Arbeiter auf eine Blase im Fels gestoßen waren, ein natürlicher Hohlraum, in dessen oberen Teil der Stollen mündete. Der Weg endete an einer Steilwand, und jenseits davon lag nichts als Schwärze. Weder Wände noch Boden waren zu erkennen. Das undurchdringliche Dunkel schien sogar das Trommeln aufzusaugen wie ein Schwamm; die Laute klangen hier weniger hallend, fast stumpf.

Alberich wußte, daß vor vielen Jahren einige Zwerge in

diese Schwärze hinabgestiegen waren und nach tagelangem Klettern und Abseilen den Grund erreicht hatten, eine finstere, unbewegte Wasseroberfläche, unterhalb derer nichts zu leben schien, gewiß keine Fische. Sicher war nur, daß es keinen unterseeischen Zugang zu dem Gewässer geben konnte, denn da sich die Minen unterhalb des Rheins befanden, hätte eine Verbindung zwischen dem Fluß und dem See unwillkürlich die unteren Ebenen überflutet. Die Zwerge waren zurückgekehrt, kaum klüger als zuvor; sie hatten mehrere ihrer Kameraden verloren, die während des Abstiegs abgestürzt waren, und auch am Ufer des unterirdischen Gewässers hatte es keine Spur mehr von ihnen gegeben. Der schwarze See hatte sie einfach verschluckt.

Alberich hatte vermutet, daß die Quelle des Trommelns hier zu finden sei, nur eine Ahnung, die sich jetzt jedoch als falsch erwies. Während er an der Kante stand und in die lichtlose Finsternis blickte, ertönte das Trommeln ganz eindeutig in seinem Rücken.

Er wollte umkehren, hatte schon den ersten Schritt gemacht, als er sah, daß er nicht mehr allein im Stollen war.

Etwas, jemand, kam auf ihn zu, jagte heran, blitzschnell, und in seinen Händen funkelte Stahl.

Alberich sprang zur Seite, konnte dem Schlag der Axt gerade noch ausweichen. Er war geübt im Kampf und hatte in Dutzenden, in Hunderten solcher Duelle gesiegt. Jetzt aber lähmte ihn der Anblick seines Gegners bis ins Mark. Es war kein Mensch, der ihm da entgegentrat, auch keine Ausgeburt dämonischer Felsenschlünde.

Es war ein Zwerg.

Und das war vollkommen unmöglich.

Alberich blieb keine Zeit, sich zu wundern oder gar Fragen zu stellen. Der nächste Angriff seines Gegners kam schneller, als er erwartet hatte, und mit mörderischer Präzision.

Die feindliche Axt sauste auf ihn zu, Alberich riß seine Goldgeißel empor und wehrte den Hieb mit dem stählernen Griff seiner Waffe ab. Noch in derselben Bewegung holte er mit den Stachelkugeln Schwung und ließ sie in die Richtung seines Gegners wirbeln, geradewegs auf dessen Gesicht zu. Der andere warf sich zur Seite, doch eine der Kugeln streifte seine Schulter und schlug eine tiefe Kerbe in seinen Lederharnisch. Blut drang aus der Wunde. Die Züge des Verwundeten verzerrten sich, er fletschte die Zähne wie ein wildes Tier.

Die kurze Kampfpause gab Alberich Zeit, seinen Feind genauer zu betrachten. Es *war* ein Zwerg, daran bestand kein Zweifel. Er war eine Handbreit größer als er selbst und um einiges jünger, fast noch ein Frischling, vielleicht vierzig, fünfzig Jahre alt. Sein lederner Panzer wies kaum Kerben oder Kratzer auf, so als hätte sein Träger ihn noch nie in einem echten Kampf erprobt. Langes braunes Haar wucherte unter einem halbrunden Helm hervor, der Bart des Zwerges war kurzgeschnitten. Sein Gesicht war eingefallen und grau, er wirkte ausgehungert wie nach einem langen Marsch, bei dem ihm die Verpflegung ausgegangen war.

»Warum greifst du mich an?« fragte Alberich in der alten Zwergensprache. Als er sie zuletzt benutzt hatte, war er noch ein Kind gewesen.

Die Züge seines Gegners verzogen sich zu einem wilden

Grinsen. »Du wirst sterben, Alter«, zischte er zwischen aufgeplatzten Lippen. Seine Aussprache klang seltsam, ohne daß Alberich hätte sagen können, was ihn daran so irritierte.

»Ich bin viermal so alt wie du, Junge«, sagte Alberich, »und ich habe in mehr Schlachten gekämpft, als du zählen könntest. Sei nicht dumm und gib endlich auf.«

Die Antwort war ein aufgebrachter Schrei, und dann schlug auch schon erneut die Axt auf ihn ein. Die scharfe Schneide verfehlte ihn nur um Fingerbreite, und da wurde ihm endlich klar, daß es in diesem Kampf keine friedliche Übereinkunft geben würde.

Es war Wahnsinn. Vollkommener Wahnsinn. Es gab keine Zwerge mehr am Rhein, sie waren vor zwei Jahrhunderten von hier verschwunden. Alberich war der letzte, hatte sein ganzes einsames Leben mit dieser Gewißheit zugebracht. Und jetzt, wie aus dem Nichts, tauchte einer von seinem Volk auf, und statt sich zu verbrüdern und ihre gegenseitige Neugier zu stillen, kämpften sie miteinander auf Leben und Tod.

Alberich ließ die Goldgeißel in engem Winkel vorschnellen, ihre Ketten wickelten sich um den Stiel der Axt, und eine der Kugeln bohrte ihre Stacheln in den Handrücken des jungen Zwerges. Er schrie auf und zerrte an seiner Waffe, ohne sie jedoch freizubekommen.

»Hör endlich auf!« verlangte Alberich noch einmal, doch er hatte kaum zu Ende gesprochen, da ließ der Junge die Axt los und riß ein Kurzschwert aus seinem Gürtel. Alberich taumelte zurück und purzelte über einen Stein, schlug der Länge nach hin, mit dem Oberkörper über das Wirrwarr aus Axt und Geißel. Der junge Zwerg reagierte zu spät, konnte seinen Lauf nicht mehr bremsen, stolperte ebenfalls und wurde von seinem eigenen Schwung über Alberich hinweggetragen. Mit einem gellenden Kreischen schlitterte er über die Felskante hinweg. Als Alberich wieder auf die Beine kam, war sein Gegner bereits in der Schwärze verschwunden.

Niedergeschlagen und enttäuscht vom unnötigen Tod des Jungen trat er von der Kante zurück, löste die Geißelketten vom Griff der Axt und schleuderte die zweischneidige Waffe in hohem Bogen hinaus in die Finsternis. Dann drehte er sich um und machte sich durch den leeren Minenstollen auf den Rückweg.

Die Trommeln waren verstummt.

KAPITEL 3

Grimma blickte noch einmal zurück zu dem offenen Viereck in der Höhlendecke. König Thorhâl stand am Rande der Öffnung, in einer bunten Reihe mit einer Vielzahl seiner Untertanen, und winkte ihr huldvoll zu. Nahezu das ganze Volk hatte sich am Einstieg zur alten Zwergenstraße versammelt, um den Kundschaftern die Ehre des Abschieds zukommen zu lassen.

Der Lärm der zahllosen Zurufe wurde allmählich leiser, als Grimmas Trupp sich dem Fuß der steilen Geröllrampe näherte. Fast hundert Schritte weit führte die Schräge nach unten, ehe der Boden wieder eben wurde. Grimma hatte oft Erzählungen und Legenden über die unterirdische Zwergenstraße ins Nordland gehört, doch nichts davon hatte sie auf die überwältigende Größe des uralten Höhlenweges vorbereitet.

Sie hatte einen schmalen Gang erwartet, mit niedriger Decke und kaum breit genug, um zu mehreren nebeneinander zu gehen. Statt dessen aber öffnete sich vor ihr ein gigantischer Tunnel, mindestens siebzig Schritte hoch und ebenso breit. Tausende von Zwergen waren einst über diesen Weg aus dem Nordland gen Süden gezogen, und Grimma fragte sich, wie viele Generationen von Arbeitern an diesem Tunnel zugrunde gegangen waren.

Schon vor Jahrhunderten war das Wissen um die Lage der Straße aus dem Gedächtnis der Zwerge geschwunden. Zuletzt waren selbst die Ältesten der Ansicht gewesen, sie sei längst verschüttet – falls sie überhaupt je existiert hatte. Erst das Auftauchen der Nordlinge hatte sie eines Besseren belehrt.

Jetzt, nachdem der Feind geschlagen war, betraten zum erstenmal seit undenklicher Zeit wieder Zwerge die Höhlenstraße ihrer Ahnen. Vor Staunen waren sie alle in andachtsvolles Schweigen verfallen. Die einzigen Geräusche waren das Scharren ihrer Stiefel auf dem losen Geröll und das Raunen der Menge hoch über ihnen.

Grimma führte den zwanzigköpfigen Zwergentrupp an. Neben ihr gingen Egil, Bollis und Gellir. Alle drei hatten Prellungen und kleinere Wunden vom Kampf mit den Nordlingen auf der Treppe zurückbehalten. Dennoch hätte nichts sie davon abhalten können, Grimma zu folgen. Vor allem Gellir Rotbart, der eigens für die Reise seine eiserne Augenklappe poliert hatte, brannte darauf, die alte Zwergenstraße zu erforschen. Egil und Bollis hatten sich von seiner Begeisterung anstecken lassen, und Grimma dankte den Göttern im geheimen dafür, daß sie mit solchen Freunden gesegnet war.

Die übrigen sechzehn Mitglieder der Reisegemeinschaft waren zum überwiegenden Teil Krieger, die Grimma selbst ausgewählt hatte, mutige Zwerge, die den Tod nicht fürchteten und sich im Kampf mit den Nordlingen tapfer geschlagen hatten. Dazu kamen zwei Heilkundige, ein Zeichner, der unterwegs eine Karte des Weges anfertigen sollte, die beiden besten Armbrustschützen des Reiches (für die Jagd auf Fledermäuse) und, zuletzt, Styrmir, ein junger Berater des Königs, der darauf bestanden hatte, an der Expedition teilzunehmen.

Styrmir war einer der wenigen Zwergenmänner im Berg, denen die Götter keinen Bartwuchs geschenkt hatten, und um von dieser Schmach abzulenken, hatte er sich Kinn und Wangen mit einem Muster tätowieren lassen, das aussah wie ein Gewimmel roter Ameisen. Die Ämter der königlichen Berater wurden seit jeher vom Vater an den Sohn weitergegeben, und das war einer der Gründe, weshalb Thorhâl sich mit wichtigen Fragen häufiger an Grimma und die übrigen Heerführer wandte als an die Männer, die ihm die Tradition zur Seite gestellt hatte. Auch Styrmir hatte den Posten geerbt, und Grimma hatte das ungute Gefühl, daß Thorhâl ihn nur mitgehen ließ, um sich eine Weile von seinen lästigen Einflüsterungen zu befreien. Keiner der Krieger war froh über Styrmirs Begleitung, sie alle fühlten sich beobachtet. Schon wenige Augenblicke nach dem Aufbruch hielten die Männer mehrere Schritte Abstand zu dem königlichen Berater, und Grimma erkannte an Styrmirs Gesichtsausdruck, daß er die Ablehnung der anderen spürte, wenn auch nicht verstand. Eine Art kindliche Verwunderung lag über seinen glatten, gepflegten Zügen.

Der Einstieg blieb hinter ihnen zurück. Thorhâl verteilte Wachen am Rand der Öffnung, die den Zugang zur Zwergenstraße Tag und Nacht bewachen würden. Eine zweite Invasion aus den Tiefen durfte es nicht geben, nicht, nachdem das Heer vom Hohlen Berg der Hälfte seiner Krieger beraubt worden war.

»Wir werden ein Jahr lang auf euch warten«, hatte der König Grimma in einem ihrer vielen vertraulichen Gespräche vor der Abreise erklärt. »Auch wenn ihr das Nordland nach sechs Monden noch nicht erreicht habt, kehrt um. Vor allem, wenn ihr in dieser Zeit auf keine Feinde stoßt. Der Weg sollte dann sicher sein.«

»Sicher?« wiederholte Grimma und runzelte die Stirn. »Ihr wollt mit einem ganzen Volk ausziehen, bevor Ihr überhaupt wißt, wohin Euch der Weg führen wird?«

»Du verstehst das nicht, Grimma«, sagte Thorhâl kopfschüttelnd. »Du bist eine Kriegerin, eine ganz hervorragende, aber du mußt dich nicht mit den Belangen Hunderter Untertanen auseinandersetzen. Seit dem Ende der Kämpfe erreichen mich Tag für Tag Bittgesuche von Männern und Frauen, die auf eigene Faust losziehen wollen. Sie alle brennen darauf, den Berg zu verlassen und ihr Glück im Norden zu versuchen. Ich kann sie vertrösten, ein paar Wochen, vielleicht einige Monde. Das Jahr, das ich dir gebe, Grimma, ist mehr, als ich in meinem Herzen gutheißen kann.«

»Ihr fürchtet einen Aufstand?« fragte Grimma verblüfft. »Nach all den Jahrhunderten, die sich die Zwerge vom Hohlen Berg den Wünschen der Nibelungenfürsten unterworfen haben, soll gerade jetzt ein Umsturz drohen?«

Thorhâl lächelte bitter. »Ach, Grimma. Ich beneide dich um deine Gutgläubigkeit. Die Zwerge haben sich nur deshalb so lange in ihr Schicksal gefügt, weil es keinen Ausweg zu geben schien. Aber jetzt ist da plötzlich diese Verheißung eines freien Lebens im Nordland. Plötzlich ist unseren Leuten klargeworden, daß es noch etwas anderes gibt als die Kavernen dieses Berges und die Arbeit am Hort. Ich weiß nicht, wie lange ich das Volk davon abhalten kann, Hals über Kopf von hier fortzulaufen.« Er sah sehr müde aus. Grimma hatte ihn nie zuvor in so düsterer Stimmung erlebt. Von seiner Begeisterung, als er den Entschluß gefaßt hatte, Grimma als Kundschafterin auszusenden, war nichts geblieben. Mit einemmal sah er sich Zwängen ausgesetzt, die er nicht vorausgeahnt hatte.

»Ein Jahr, Grimma«, setzte er entschlossen hinzu. »Ein einziger Tag länger, und ich muß den Befehl zum Aufbruch geben.«

So waren sie verblieben, gegen Thorhâls und Grimmas besseres Wissen. In spätestens zwölf Monden mußten Grimma und ihre Männer zurück sein. Der Ernst dieses Ultimatums hatte sich wie eine unaufhaltsame Sanduhr in ihrer Brust verankert, sie trug so schwer daran wie an einem zweiten Herz.

Natürlich hatten sie auch echte Sanduhren dabei, jeder der beiden Schreiber trug eine in seinem Gepäck. Da es in den Tiefen des Erdreichs nicht möglich war, den Lauf des Mondes zu bestimmen, mußte die Zeit auf andere Weise gemessen werden. Jede Uhr lief genau einen Tag und eine Nacht lang, dann mußte sie gedreht werden. Es war Aufgabe der Schreiber, darüber Buch zu führen. Nach spätestens hundertachtzig Sandläufen würde Grimma den Befehl zur Umkehr geben.

Sie hatten eine Strecke von zwanzig Speerwürfen zurückgelegt, als das magische Licht des Hohlen Berges zurückblieb und die Dunkelheit des Tunnels den Trupp wie schwarzer Nebel umschloß. Obwohl die Zwerge in der Finsternis leidlich gut sehen konnten, ordnete Grimma an, die ersten Fackeln zu entzünden, in der Hoffnung, die Helligkeit würde die gedrückte Stimmung heben. Die groben Felsvorsprünge der Tunnelwände warfen zuckende Schatten, und da die Zwerge den gleichmäßigen Schein des Hortes gewohnt waren, erschien ihnen das gelbe Licht der Flammen alsbald fremdartig, sogar beängstigend. Grimma gestand sich ihre erste Fehlentscheidung ein und ließ die Fackeln löschen.

Fortan zogen sie lichtlos dahin, eingelullt von jahrtausendealter Dunkelheit wie von einem Lied in einer alten, vergessenen Sprache.

❧

Nach den ersten Tagen ihrer Reise bemerkte Grimma, daß sich das Verhalten der Krieger gegenüber Styrmir wandelte. Aus stillschweigender Ablehnung wurde offene Feindschaft.

Der Berater des Königs marschierte tagsüber stets einige Schritte von den anderen entfernt, und auch nachts bereitete er sein Lager abseits der übrigen. Grimma nahm an, daß einige der Männer Bemerkungen gemacht hatten, die Styrmir zu solch einer Vorsichtsmaßnahme veranlaßt hatten. Obwohl sie einen Kampf nicht zugelassen hätte, rümpfte sie insgeheim die Nase über Styrmirs Zurückhaltung. Beleidigungen oder Drohungen unter den Kriegern hätten bei jedem anderen zu wüsten Prügeleien geführt. Nicht so bei Styrmir, er war aus anderem Stein gehauen. Er zog sich zurück, sprach nie ein Wort und tat, als stünde er weit über den Rangeleien der Krieger. Grimma aber sah ihm an, wie unglücklich er in Wahrheit war, und sie war sicher, daß er seine Entscheidung, sie zu begleiten, längst bereut hatte. Nicht ohne Häme dachte sie, daß ihm das ganz recht geschah. Was hatte er sich ihnen auch derart aufdrängen müssen?

Trotzdem gefiel es ihr nicht, daß es innerhalb ihrer Gruppe Spannungen gab. Eine Weile lang schaute sie zu und tat, als berühre sie Styrmirs Schicksal nicht, doch dann geschah etwas, das ihr schlagartig klarmachte, daß es an der Zeit war, einzuschreiten.

Am Abend des neunten Tages saß sie mit Egil, Gellir und Bollis rund um die knisternden Flammen eines Lagerfeuers. Es war kühl in dem endlosen Tunnel, und obwohl sie als Zwerge an die Kälte der Bergestiefen gewöhnt waren, machte ihnen der ewige Luftzug zu schaffen, der ihnen von Norden entgegenwehte. Der Brennholzvorrat, den sie mit sich führten, war äußerst begrenzt, doch sie hatten am Nachmittag ein eisiges Gewässer durchqueren müssen, und so hatte Grimma die Order ausgegeben, vier kleine Feuer anzuzünden. Für gewöhnlich kamen sie mit einem aus, doch heute mußten sie ihre Kleider trocknen und entsprechend nah an die Flammen rücken. So saßen sie in vier Gruppen um die Feuerstellen und unterhielten sich leise.

Plötzlich wies Gellir ins Dunkel, zur Westwand der Zwergenstraße. »Seht ihn euch an!« brummte er abfällig. »Hockt da und schreibt alles auf, was wir reden.«

Grimma erkannte in der Düsternis Styrmir, der abseits der Feuer dasaß und mit einer Feder etwas in ein gebundenes Büchlein schabte.

»Verfluchter Schnüffler!« schimpfte Egil. »Er horcht, ob irgendwer ein böses Wort über den König verliert.« Er hatte laut genug gesprochen, daß auch einige der Krieger an den anderen Feuern aufhorchten.

Bollis fiel kichernd mit ein. »Am besten wäre es, wenn er in irgendeine Felsspalte fiele.«

»Ja«, pflichtete ein Zwerg am Nebenfeuer bei. »Ein Unfall. Sehr traurig.«

Grimma traute ihren Ohren kaum. »Seid ihr des Wahnsinn?« zischte sie und sprang auf. »Unter meinem Befehl wird es nichts dergleichen geben!« Sie deutete auf den Zwerg, der zuletzt gesprochen hatte, dann auf Bollis. »Ihr beiden, steht auf!«

Die Krieger sprangen blitzschnell auf die Füße.

»Ich habe etwas verloren«, sagte Grimma schneidend. »Heute nachmittag, als wir durch dieses Wasserloch gewatet sind. Es ist ein Siegelring König Thorhâls. Ihr zwei werdet zurückgehen und ihn suchen. Wenn ihr stramm durchmarschiert, solltet ihr am Morgen wieder bei uns sein.«

Sie hatte nie einen solchen Ring besessen, und jeder ihrer Krieger wußte das. Der Zwerg vom Nebenfeuer wollte aufbegehren, doch Bollis schlug ihm hart gegen die

Schulter. »Du hast gehört, was Grimma gesagt hat. Gehen wir!« Der Zwerg straffte sich einen Moment lang, dann nickte er verdattert. Wenig später waren die beiden in der Düsternis verschwunden.

Grimma drehte sich um und ging hinüber zu Styrmir. Sie spürte, wie ihr die Blicke aller anderen folgten, dann hörte sie zufrieden, daß Egil die Krieger anschnauzte, sich gefälligst nur um das zu kümmern, was sie etwas anginge.

Styrmir schaute ihr finster, aber auch voller Neugier entgegen. Spielte da ein leises Lächeln um seine Lippen? Grimma wünschte sich, ihn im Dämmerlicht besser erkennen zu können. Als sie näher kam, klappte er das Büchlein zu, verkorkte sein Tintenfaß und legte beides zusammen mit der Feder in den Rucksack.

Grimma setzte sich ohne Aufforderung zu ihm. So weit von den Feuern entfernt spürte sie die Kälte noch deutlicher, und sie fragte sich, ob ihre Strafe für Bollis und den anderen Krieger nicht zu hart gewesen war. Aber nein, sie hatte richtig gehandelt. Sie durfte nicht zulassen, daß ihre Männer auf solche Gedanken kamen, geschweige denn sie aussprachen.

»Deine Krieger haben es nicht leicht mit dir«, bemerkte Styrmir, und jetzt sah sie, daß tatsächlich ein Schmunzeln um seine Mundwinkel zuckte. Seine glatte Haut und das bartlose, tätowierte Kinn konnten nicht darüber hinwegtäuschen, daß er den kantigen Unterkiefer und die markanten Züge seiner Ahnen geerbt hatte.

»Die beiden hatten Strafe verdient«, sagte sie und blickte fest in seine braunen Augen. »Ich werde nicht zusehen, wie irgendein dummer Zwist diese Truppe spaltet.«

»Oh«, sagte er mit einem Lachen, das frische Milch hätte gerinnen lassen, »von spalten kann keine Rede sein. Hättest du den beiden ihren Willen gelassen, so hättest du deine Männer wohl nie in größerer Einigkeit erlebt.«

»Für die Dauer dieser Reise *bist* du einer meiner Männer, Styrmir.«

»Ich fürchte, die anderen sind nicht dieser Meinung.«

»Sie glauben, du belauschst sie, um sie beim König zu verleumden.«

Er hob eine Augenbraue. »So, so.«

»Ist es die Wahrheit?« fragte Grimma geradeheraus.

»Du glaubst, weil mich meine Geburt zu Thorhâls Berater gemacht hat, müßte ich ihm jedes Wort zutragen, das ich mitanhöre? Liebe Güte, ich müßte Ohren haben, so groß wie die Pechkessel oben am Portal, und eine Zunge, ausgefranst wie ein Pferdeschwanz!«

»Das ist keine Antwort auf meine Frage.«

Er schüttelte den Kopf. »Ich bin nicht bei euch, um Thorhâl über irgend etwas Bericht zu erstatten. Es war ganz allein mein Wunsch, mit euch zu gehen.«

»Du hast gewußt, daß du nicht willkommen bist.« Sie sah keinen Grund, ihm gegenüber unaufrichtig zu sein. »Meine Krieger mögen keine Männer, die –«

»Die keine Axt führen können.« Er lächelte. »Das wolltest du doch sagen, nicht wahr?«

»Ich wollte sagen: Männer, die besser mit der Zunge als mit der Waffe umgehen können. Aber ich schätze, das läuft auf das gleiche hinaus.«

»Um ehrlich zu sein, Grimma, es ist mir gleichgültig,

was deine Männer über mich denken. Diese Reise bedeutet mir mehr als mein Leben. Falls sie mich in eine Felsspalte stoßen, gut, dann ist es eben so. Das war es mir wert.«

»Niemand wird dich in eine Felsspalte stoßen«, widersprach sie zornig. »Nicht, solange ich hier den Befehl führe.« Dann erst wurde ihr klar, was er noch gesagt hatte. »Wie meinst du das, die Reise bedeutet dir mehr –«

»Als mein Leben.« Er nickte bestätigend. »Wir Königsberater werden in unsere Stellung hineingeboren, das weißt du. Ich hatte nie die Möglichkeit, den Umgang mit Axt oder Schwert zu erlernen.« Er klang verbittert, und das verwirrte sie. »Nie habe ich die Möglichkeit gehabt, irgend etwas zu erleben, das aufregender war als die täglichen Beratungen mit Thorhâl und dem Rest seiner Höflinge.«

»Dann bist du auf ein Abenteuer aus?« fragte sie irritiert.

»Auf ein Abenteuer, auf einen Marsch bis ans Ende der Welt, von mir aus auch auf den Tod.« Er schnaubte verbittert. »Auf alles, das sich vom öden Trott in Thorhâls Fußvolk unterscheidet.«

Grimma versuchte, ihre Einschätzung Styrmirs zu überdenken, ihn ganz neu einzuschätzen, als hätte sie ihn gerade erst getroffen, doch dazu ließ er ihr keine Zeit.

»Als ich Thorhâl mein Anliegen vorbrachte, wußte ich, daß deine Männer mich vom ersten Augenblick an verabscheuen würden«, fuhr er fort. »Ich habe es in Kauf genommen. Und ich kann ihr Verhalten verstehen, Grimma. Sie täuschen sich nicht, wenn sie mich für jemanden halten, den das Leben bei Hofe verweichlicht hat. Ich bin kein Krieger und werde nie einer sein. Aber wenn wir jemals von dieser Reise zurückkehren, und wenn es uns gelingt, das zu finden, was wir suchen, dann werde ich meinen Kindern dereinst erzählen können, was ich erlebt habe. An deiner Seite, Grimma, und an der Seite dieser Männer, die mich hassen. Und ich werde einen Grund haben, stolz zu sein auf etwas, das ich getan habe. Zum ersten und vielleicht zum einzigen Mal.«

Grimmas Blick huschte zurück zu den Lagerfeuern und den Kriegern, die dort murmelnd beieinander saßen. Ihre Augen verengten sich, als sie über das nachdachte, was Styrmir gesagt hatte. Sie hatte sich nie zuvor in einem anderen so getäuscht wie in ihm. Dafür schämte sie sich, und sie besaß genug Anstand, sich das einzugestehen.

»Ich entschuldige mich bei dir, Styrmir.«

Ein jungenhaftes Grinsen flimmerte wie der Feuerschein über seine Züge. »Du hast mir das Leben gerettet. Das ist kein Grund, sich zu entschuldigen.« Feixend fügte er hinzu: »Höchstens bei deinen Männern.«

Sie atmete tief durch. »Ich werde mit ihnen reden. Sollte noch einer die Stimme gegen dich erheben, wird er es bereuen.«

»Nein!« widersprach er scharf. »Tu das nicht. Sprich nicht mit ihnen über mich. Ich wollte mir mit dem, was ich dir erzählt habe, keinen Respekt erkaufen. Sollten deine Krieger je lernen, mich zu achten, so sollen sie gute Gründe dafür haben, keine, die du ihnen vorgibst.«

Grimma verstand, was er meinte, und nickte langsam. »Wirst du mir noch eine Frage beantworten?«

»Gewiß.«

»Du hast eben etwas aufgeschrieben.«

»Das tue ich jeden Abend.«

»Die Männer glauben, du hältst fest, worüber sie reden.«

»Da haben sie nicht einmal unrecht.«

»Erklär mir das.«

Lächelnd griff er nach seinem Rucksack und zog das Büchlein hervor. Aus der Nähe erkannte Grimma, daß es in das Leder grauer Fledermausschwingen gebunden war. Ein wertvolles Stück.

Styrmir drehte den handgroßen Band zwischen den Fingern. »Wie soll ich meinen Kindern erzählen, was ich erlebt habe, wenn ich die Hälfte davon vergessen habe? Deshalb schreibe ich alles auf. Das Aussehen des Tunnels, die Hindernisse auf unserem Weg, meine Gedanken, auch einiges vom Gerede der anderen. Und irgendwann, vielleicht, eine Beschreibung des Nordlandes, wie es sich den Augen eines Zwerges darbietet, der sein Leben lang nur das Innere des Hohlen Berges gesehen hat.«

Er schlug das Buch auf den vorderen Seiten auf und reichte es Grimma. Sie warf einen neugierigen Blick darauf, doch dann gestand sie kleinlaut: »Ich kann nicht lesen, Styrmir.«

Er lachte nicht, verzog nicht einmal das Gesicht. »Wenn du willst, werde ich dir daraus vorlesen.«

Sie nickte ihm zu, dankbar, daß er nicht über ihr Unvermögen spottete, so wie sie selbst sich in den vergangenen Tagen insgeheim über seine mangelnden Kampfkünste lustig gemacht hatte. »Ein andermal will ich dir gerne zuhören. Falls dein Angebot dann noch gilt.«

»Das wird es.«

Sie schenkte ihm ein flüchtiges Lächeln, dann stand sie

auf und ging zurück zum Feuer. Sie bat Styrmir nicht, mit ihr zu kommen. Er hätte doch nur abgelehnt.

In der sechsten Woche ihres Marsches durch die Dunkelheit entdeckten sie etwas, das ihnen wahrscheinlich das Leben rettete.

Grimma selbst führte die Vorhut des Trupps an, und so war sie eine der ersten, die sah, wie sich etwas Großes aus dem Dämmerlicht schälte, das nicht in die eintönige Ödnis des Tunnels gehörte.

Es war ein großer Holzkarren mit gesplitterter Achse. Seine Ladefläche war leer. Der Größe nach mußten ihn die Nordlinge während ihres Weges zum Hohlen Berg zurückgelassen hatten.

Sogleich machten sich die Zwerge daran, ihn mit ihren Äxten in kleine, tragbare Stücke zu zerlegen. Vor mehr als zwei Wochen war ihnen das Brennholz ausgegangen, und während der vergangenen Tage hatten sich die Stellen im Tunnel gehäuft, an denen sie Wasserflächen durchwaten mußten. Unter ihnen war keiner, der sich dabei nicht erkältet hatte, und ihnen allen klebte die Kleidung feucht und klamm an den Körpern.

Jetzt aber, nachdem sie den Wagen bis aufs letzte Stück zerkleinert hatten, gab Grimma den Befehl, große Feuer zu schüren und Hosen und Wämser zu trocknen. Bald schon war ihnen zum erstenmal seit vielen Tagen wieder warm, und selbst Styrmir gesellte sich zu ihnen, ohne daß jemand Anstoß daran nahm.

Nach einer Weile zogen sie weiter, und da war nicht einer, der das zusätzliche Gewicht auf seinem Rücken bejammerte. Sie all dankten den Göttern für ihr Glück, das sie zu dem Karrenwrack geführt hatte, und die Laune der meisten hob sich beträchtlich. Die Zwerge faßten neuen Mut, und ihr Ziel, das Nordland, gewann für sie nach den ernüchternden letzten Tagen neue Reize. Sie erzählten einander, was sie dort als erstes tun würden – tief durchatmen, schlafen, Met trinken –, und plötzlich stimmte jemand eines der alten Lieder ihrer Vorfahren an. Es war Styrmir, und er sang hell und schön und mit ansteckender Begeisterung. Es dauerte nicht lange, da war auch der letzte in den frohen Gesang miteingefallen, und die uralten Melodien hallten herrlich von den Felswänden wider und verscheuchten die bedrohlichen Schatten des dunklen Höhlengangs. Grimma sang aus vollem Halse, und sie schob jeden Gedanken an die Gefahren von sich, die der Lärm heraufbeschwören mochte. Wenn der Gesang den angeschlagenen Mut ihrer Männer hob, war sie bereit, das Risiko dafür in Kauf zu nehmen.

Sie sangen den ganzen Tag, und einige sangen noch abends am Feuer, als der Rest von ihnen schon schlief. Styrmir hatte sich erneut zurückgezogen, beugte sich über sein Buch, und er schrieb nieder, was der Tag ihnen gebracht hatte: neue Hoffnung, Lebensmut und, für ihn selbst zum erstenmal, einen leisen Hauch von Gemeinsamkeit.

KAPITEL 4

Alberich versammelte die anderen in der Eingangshalle. Es war früh am Morgen. Sie alle waren unausgeschlafen und übellaunig. Geist und Löwenzahn wegen ihres anstrengenden Ausflugs in die Mooshöhle; Mütterchen Mitternacht, weil sie Alberichs Wache am Tor übernommen hatte; und Alberich selbst – ja, das wußte keiner der anderen so genau.

Der Saal, viele Mannslängen hoch, wurde von dem gewaltigen Eisenportal beherrscht. An beiden Seitenwänden standen mächtige Statuen, vier zur Rechten, vier zur Linken, turmhohe Darstellungen von Zwergen in Rüstungen, bewaffnet mit Äxten und Streitkolben. Als stumme Torwächter blickten sie aus Granitaugen zum Boden der Halle herab. Mütterchen hatte stets den Eindruck, als folgten ihre leblosen Blicke jeder ihrer Bewegungen. Besonders schlimm war es während der Nachtwache, wenn sie allein im Dunkeln kauerte. Meist saß sie dabei in Decken gehüllt am Tor und blickte abwechselnd durch den Sehschlitz ins Freie, dann wieder hinauf zu den steinernen Gesichtern. Im Grunde war es fast albern, daß sich ausgerechnet die Zwerge als Riesen dargestellt hatten, und doch hatte Mütterchen nie über diesen Umstand lachen können. Viel zu sehr beunruhigte sie die schweigsame Starre der acht Granitgiganten, und sie wußte, daß es Geist und sogar Löwenzahn genauso erging.

Alberich berichtete ausführlich, was ihm in der Nacht widerfahren war, und je eingehender er versuchte, sich an jede Einzelheit zu erinnern, desto zorniger wurde er. Schließlich schnaubte er beim Sprechen so sehr, daß Geist und Mütterchen ihn erst einmal durch besänftigendes Zureden beruhigen mußten, ehe er fortfahren konnte.

Nachdem Alberich zum Ende gekommen war, platzte es übermütig aus Löwenzahn heraus: »Es ist doch ganz einfach! Wir gehen runter, suchen alles ab und erschlagen jeden Zwergling, der uns über den Weg läuft!«

Mütterchen faßte sich ob so wenig Taktgefühl an die Stirn, Geist blickte verlegen zu Boden, und Alberich sah aus, als würde ihm vor Wut gleich der Schädel platzen.

»Dummkopf!« tobte er mit hochrotem Gesicht. »Du blöder, halbhunnischer Dummkopf!« Alberich haßte es, wenn Löwenzahn ihn oder einen anderen seines Volkes Zwergling nannte, doch diesmal machte ihn etwas ganz anderes wütend. »Seit zweihundert Jahren gibt es außer mir keinen Zwerg mehr im Hohlen Berg, ach, was sag' ich, im ganzen Land! Und du willst hingehen und einfach jeden erschlagen, der drei Köpfe kleiner ist als du!« Seine Augen glühten vor Wut, als wollten sie gleich in Flammen aufgehen.

Löwenzahn grinste. »Nicht jeden«, sagte er mit einem Seitenblick auf Geist. »Nur alle, die Zipfelmützen und Bärte tragen.«

Alberichs Gesichtsfarbe schien von Rot zu Violett zu wechseln, und Mütterchen sah sich genötigt, einzuschreiten. Löwenzahn liebte es, den Zwerg mit seinen Sticheleien zur Weißglut zu bringen. Entschlossen trat sie zwischen die beiden Streithähne.

»Schluß jetzt!« verlangte sie scharf und gab sich den Anschein der würdevollen Schlichterin. Geist grinste verhalten.

»Alberich hat recht«, sagte Mütterchen. »Wir sollten uns genau überlegen, wie wir vorgehen wollen. Wir wissen nicht, wie dieser Zwerg in den Berg gelangt ist, aber wir sollten besser davon ausgehen, daß dort, wo er herkommt, noch weitere von seiner Sorte ... verzeih, Alberich, von seinem Volke sind.«

Geist zupfte gedankenverloren an einem kleinen Farnwedel, der zwischen ihren flachen Brüsten wuchs. Die Bewegung irritierte Mütterchen; gestern war das Blatt noch nicht dagewesen. Die Magie, die in dem zarten Moosfräulein schlummerte, war gewaltig. Geist wußte nicht, wie sie damit umgehen sollte, und so beschränkte sie sich darauf, ihre Macht an Spielereien wie bunte Blüten und wuchernde Blätter zu verschwenden.

Heute aber sah das Moosfräulein aus, als beschäftige es irgend etwas ganz Bestimmtes, und dabei schien es sich keineswegs um Alberichs Erlebnis zu handeln.

»Was ist los?« fragte Mütterchen.

»Ich wollte heute ohnehin nach unten gehen«, sagte Geist, ohne sie anzusehen. »Auf dem Weg könnte ich ja die Augen offenhalten.« Es war klar, daß sie nur eine Ausrede suchte, wieder hinab in die Mooshöhle zu klettern. Löwenzahn hatte Mütterchen gleich nach dem Aufstehen davon erzählt, als sie sich an einer Felsquelle nahe ihrer Schlafquartiere gewaschen hatten. Es beunruhigte die alte Räuberin ein wenig, daß Geist den Ernst der Lage offenbar nicht einzuschätzen wußte.

»Niemand geht allein irgendwohin!« entschied Alberich in jenem überflüssigen Befehlston, den er selbst so liebte, der aber die Geduld aller anderen aufs äußerste strapazierte. Auch nach zwei Jahren hatte er noch immer nicht bemerkt, daß er damit den Widerspruch seiner Gefährten regelrecht herausforderte, begründet oder nicht. Auch jetzt prasselte von drei Seiten gleichzeitig eine Flut von Bemerkungen, Vorschlägen und trotzigen Entgegnungen auf ihn ein, bis er grimmig die Arme vor der Brust verschränkte und die Stirn runzelte, so daß er kaum noch unter seinen buschigen Augenbrauen hervorschauen konnte. Beleidigt kniff er die Lippen zusammen und schwieg.

Stur wie ein alter Ziegenbock, dachte Mütterchen seufzend.

»Also«, begann sie von neuem. »Hat irgend jemand einen Einfall, wo wir mit der Suche beginnen sollen? Darauf läuft es doch hinaus, oder?«

Löwenzahn knetete nachdenklich sein Kinn. »Wenn wir davon ausgehen, daß alle Zwerglinge so goldgierig sind wie unser Freund hier, dann sollten wir es wohl zuerst beim Hort versuchen.«

Alberich rümpfte pikiert die Nase und zog es weiterhin vor zu schmollen.

Auch Geist sagte nichts. Ihr bildhübschen blauen Augen glänzten traurig.

»Ich denke, Löwenzahn hat recht«, sagte Mütterchen. »Die Horthalle scheint mir ein guter Anfang zu sein. Irgendwelche Einwände?«

»Wir werden einen ganzen Tag brauchen, ehe wir dort unten ankommen«, gab Alberich finster zu bedenken.

»Wir wissen, daß du es nicht magst, wenn wir in die Nähe deiner Schätze gehen, Freund Alberich«, gab Mütterchen lächelnd zurück. »Aber ich fürchte, dieses eine Mal wirst du deinen Widerwillen überwinden müssen.« Löwenzahn hatte einmal versucht, einen goldenen Harnisch anzulegen, den er am Rand des Hortes gefunden hatte, und Alberich trug ihm noch heute nach, was er damals einen *dreisten Diebstahl* genannt hatte, *ganz wie man ihn von einem räuberischen Hunnenbastard erwarten mußte*. Dabei war Mütterchen sicher, daß Alberich den ungeschickten Löwenzahn tiefer ins Herz geschlossen hatte, als er je zugeben würde. Ein Glück, daß der bärenstarke Halbhunne so gutmütig wie Obbos braves Pony war; jeder andere hätte dem jähzornigen Zwerg wahrscheinlich längst den Dickschädel eingeschlagen.

»Die Horthalle also!« sagte sie entschieden, und damit war es beschlossene Sache. Geist und Löwenzahn bekamen die Aufgabe, Vorräte für mehrere Tage einzupacken, während sie und der Horthüter noch einmal die alten Zwergenkarten der unteren Ebenen durchsehen wollten. Zwar behauptete Alberich, jeden Winkel des Berges in- und auswendig zu kennen, doch sogar er gab zu, daß es vielleicht keine dumme Idee war, seine Erinnerung noch einmal aufzufrischen.

Zuletzt verriegelten sie den Sehschlitz des Portals und ließen an einem Seilzug zwei große Glocken herab, die auf halber Höhe an die Innenseiten der Torflügel stießen. Sollte jemand versuchen, von außen den Eingang aufzurammen, würde das Läuten der Glocken bis in die tiefsten Stollen der Zwergenminen schallen.

Bald darauf machten sie sich auf den Weg in die Tiefe. Alberich, Löwenzahn und Mütterchen waren bis an die Zähne gerüstet, nur Geist lehnte wie üblich jede Bewaffnung ab. Sie ritt auf Löwenzahns breiten Schultern wie ein Kind, während aus ihrem Hinterkopf die Ranke einer Trauerweide sproß.

Es dauerte einen halben Tag, ehe sie das Tor der Horthalle erreichten. Es war ein hohes, doppelflügeliges Portal, ganz ähnlich jenem am Einstieg des Berges. Eine Vielzahl altertümlicher Runen war in die Oberfläche eingelassen, und nicht zum erstenmal fragte sich Mütterchen, ob Alberich sie wohl zu entziffern vermochte. Sie selbst konnte zwar lesen und schreiben, doch die alte Zwergenschrift war ihr unbekannt. Gerade wollte sie Alberich danach fragen, als Geist sich schüttelte.

»Wir sind nicht allein hier unten«, flüsterte das Moosfräulein. Es saß immer noch auf Löwenzahns Schultern, ohne daß der Krieger eine Spur von Erschöpfung zeigte.

»Wie meint du das?« Mütterchen hatte die Frage kaum ausgesprochen, da kam sie ihr schon überflüssig vor. Alarmiert wechselte sie ihren Wanderstab in die linke Hand und zog mit der Rechten ihr Schwert. Sichernd schaute sie in die Mündungen der drei Gänge, die sich vor dem Portal der Horthalle trafen.

»Ich spüre etwas«, wisperte Geist. Sie hatte jetzt die Augen geschlossen und streckte mit Hilfe der Drachenmagie unsichtbare Fühler in die Umgebung aus. Der armlange Weidenzweig in ihrem Nacken peitschte wie der Schwanz eines aufgeregten Hundes.

Alberich grummelte etwas und packte die Ketten seiner Goldgeißel, damit die Kugeln nicht zusammenstießen und mit ihrem Klirren Geists Konzentration störten.

Plötzlich ging ein Ruck durch Geists schmalen Körper, sie sprang von Löwenzahns Schultern und rief: »Kommt mit! Schnell!« Sie hatte noch nicht zu Ende gesprochen, da verschwand sie schon im nördlichen der drei Gänge. Der Boden war hier leicht abschüssig und machte nach dreißig oder vierzig Schritten eine leichte Linksbiegung.

»Wo läuft sie denn hin?« fragte der Zwerg verblüfft, doch Mütterchen und Löwenzahn hatten sich bereits in Bewegung gesetzt und folgten dem Moosfräulein.

»Steh nicht rum«, rief Mütterchen über die Schulter, »und tu schon, was sie sagt!«

Für Mütterchens alte Augen reichte das Zwielicht des Hohlen Berges nicht weiter als fünfzehn Schritte, dahinter verschmolz alles in trüber Düsternis. Löwenzahn mochte ein wenig besser sehen als sie, wenn auch lange nicht so gut wie Alberich. Doch selbst der Zwerg gab bald zu, daß er Geist aus den Augen verloren hatte.

Mütterchen wunderte sich. Sie hatten ausgemacht, sich vorerst nicht zu trennen, und um so mehr verblüffte sie, daß Geist sich so leichtsinnig von ihnen entfernt hatte. Irgend etwas hatte das Moosfräulein alle Vorsicht vergessen lassen.

»Wohin führt dieser Gang?« fragte sie im Laufen.

Alberich atmete angestrengt ein und aus. »Er geht irgendwann in einen Treppenschacht über, der in den unteren Grotten endet.«

»Was für Grotten sind das?« wollte Löwenzahn wissen.

»Es gibt dort unten einen See, in dem sich das Wasser aus dem ganzen Berg sammelt.«

Mütterchen und Löwenzahn wechselten einen Blick. »Glaubst du …?« begann die Räuberin.

Der Krieger nickte. »Das wird es sein.«

Alberich hatte Mühe, mit den langen Beinen der beiden anderen mitzuhalten, sogar mit Mütterchen, der ihr Alter mehr zu schaffen machte, als sie sich eingestehen wollte. »Könntet ihr mir verraten, wovon ihr sprecht?« fragte der Zwerg.

Mütterchen erklärte ihm Geists Entdeckung in wenigen Worten, und Löwenzahn nickte bestätigend, ohne seine Geschwindigkeit zu verlangsamen.

Mütterchen überlegte. »Wenn das, was Geist gespürt hat, sie derart aufregt, daß sie sogar ohne uns dorthinläuft, muß es etwas sein, das –«

Löwenzahn unterbrach sie, und Schrecken überzog seine Züge wie eine Maske aus Eis: »Etwas, das den Pflanzen schadet!« Und mit diesen Worten raste er los, und kein Zurufen der beiden anderen konnte ihn davon abhalten, sie hinter sich zu lassen. Bald war auch er hinter der Biegung des Felskorridors verschwunden.

»Sind denn plötzlich alle verrückt geworden?« fauchte Alberich. Diesmal sah Mütterchen keinen Grund, ihm zu widersprechen. Löwenzahns Sorge um Geist war begreiflich, doch es half niemandem, wenn er blindlings in eine Horde feinseliger Zwerge stolperte – falls es tatsächlich Zwerge waren und nicht etwas noch Schlimmeres. Mütterchen wußte selbst nicht, wie sie auf diesen Gedanken kam – verdammt, alles was sie entdeckt hatten, war ein *einziger* Zwerg! –, doch ihr Gefühl sagte ihr, daß es tödlich sein mochte, jetzt vorschnelle Schlüsse zu ziehen.

Wie Alberich vorausgesagt hatte, kamen sie nach einer Weile an den oberen Absatz einer steilen, schier ins Endlose abfallenden Treppe. Die Schachtdecke war sehr hoch, mehrere Mannslängen, dafür aber standen die Wände ungemein eng beieinander. Von Geist und Löwenzahn war nichts zu sehen, nur in weiter Ferne hörten sie das hallende Trommeln von Stiefelabsätzen auf den Stufen.

Die Treppe machte wie schon der Korridor eine leichte Biegung, allerdings in die entgegengesetzte Richtung. Das bedeutete, daß sich ihr Verlauf vom Umriß der Horthalle löste. Allein die Vorstellung, all diese Stufen wieder hinaufsteigen zu müssen, ließ Mütterchens alte Knochen schmerzen.

»Es ist ... nicht ... mehr weit«, stammelte Alberich atemlos.

Bald erkannte Mütterchen in der Tiefe einen niedrigen Torbogen, kaum mehr als ein Spalt. Er war von etwas Dunkelgrünem ausgefüllt, möglicherweise von einem Vorhang oder, ja, tatsächlich, von einem Dickicht aus Pflanzen.

Mütterchen und Alberich erreichten den unteren Treppenabsatz und blieben mit vorgebeugten Oberkörpern stehen. Sie konnten nicht anders, sie mußten einen Augenblick lang verschnaufen.

Da ertönte von der anderen Seite des Pflanzenvorhangs ein metallisches Scheppern, und einen Wimpernschlag später stolperte Löwenzahn rückwärts in den Treppenschacht. Er hielt seinen gewaltigen Zweihänder fest umklammert, hatte allerdings viel zuwenig freien Raum, um ihn wirksam einzusetzen. Zwei Zwerge drängten hinter ihm durch das Dickicht und setzten ihm mit Äxten zu, die alt und schartig waren. Trotzdem führten die beiden sie mit solcher Kraft und soviel Geschick, daß Löwenzahn Mühe hatte, ihren Hieben zu entgehen.

Mütterchen wollte ihm zur Hilfe eilen, doch da klirrte schon Alberichs Goldgeißel, und mit einem wilden Aufschrei stürzte sich der graubärtige Horthüter auf die beiden jüngeren Zwergenkrieger. Er und Löwenzahn behinderten sich dabei gegenseitig, doch nicht einmal das hielt Alberich davon ab, einem seiner Gegner die goldenen Stachelkugeln mitten ins Gesicht zu wirbeln. Kreischend brach der getroffene Zwerg in die Knie, und einen Herzschlag später machte ihm Löwenzahns mächtige Klinge ein Ende.

Der zweite Zwerg sah seinen Gefährten sterben und zog sich durch den Rankenvorhang zurück in die Grotte.

Löwenzahn und Alberich drängten hinterher. Für einen Augenblick war Mütterchen ganz allein in dem hohen Treppenschacht.

Sie wollte ihren Freunden gerade folgen, als ihr auffiel, daß die vorderen Stufen mit vertrockneten Algen und Moosen bedeckt waren; gleiches galt für die Wände. Es konnte noch nicht allzu lange her sein, da mußte der untere Bereich der Treppe unter Wasser gestanden haben. Das wunderte Mütterchen zwar, erschien ihr im Moment aber nebensächlich. Sie schleuderte ihren Stab beiseite, packte ihr Schwert mit beiden Händen und sprang mit einem kühnen Kriegsruf durch die klammen Pflanzenfinger ins Innere der Grotte.

Keine zwei Schritte von ihr entfernt kämpften Alberich und Löwenzahn Seite an Seite gegen drei Zwerge, darunter jener, der im Treppenschacht vor ihnen zurückgewichen war. Zwei weitere Zwerge, so jung wie ihre Brüder und mit ebensolchen kränklichen, eingefallenen Gesichtern, standen bereit, um in den Kampf einzugreifen, falls einer der anderen verletzt wurde oder fiel. Als sie Mütterchen erblickten, zögerten sie nicht und stürmten mit Axt und stählernem Streitkolben auf sie ein. Der Räuberin blieb gerade noch genug Zeit, um Geist zu entdecken, die inmitten der Pflanzenranken unter der Decke hing wie eine Spinne im Netz. Sie mußte dort hinaufgeklettert sein, um den Axthieben ihrer Feinde zu entgehen. Ihre großen Augen schauten tiefunglücklich drein.

Mütterchen wußte, daß sie zu schwach war, um den Schlag zu parieren. Statt dessen sprang sie zurück, sah noch, wie der Stahlkopf des Kolbens den Fels vor ihren

Füßen splittern ließ, dann taumelte sie nach hinten durch den Rankenvorhang in den Treppenschacht. Kaum war sie auf der anderen Seite, da wurden die Pflanzen schon von einem Axthieb zur Seite geschleudert. Mütterchens Gedanken rasten; die Zwerge würden einen Moment lang zögern, um zu sehen, ob ihre Gegnerin vor ihnen floh oder jenseits des Dickichts auf sie wartete. Bevor aber die beiden zwischen den Ranken hindurchtreten konnten, bohrte Mütterchen schon ihr Schwert in gerader Bahn nach vorne. Die Spitze fuhr durch die Pflanzenwand und drang in den Hals des Axtkriegers. Seine Waffe fiel scheppernd zu Boden, er stolperte zurück, die Klinge kam frei, und ein rauhes Röcheln drang aus der zerfetzten Kehle des Zwerges. Dann brach er zusammen, zuckte und starb.

Mütterchens Überraschungsmoment war damit verloren. Und schon stieg der zweite Zwerg über den Leichnam seines Kameraden hinweg, das Gesicht unter dem wuchernden Bart verzerrt vor Haß, den schweren Streitkolben mit beiden Händen zum Schlag erhoben. Mütterchen wich zurück und spürte, wie Panik sie überkam. Sie wußte, daß ihr Schwert unter dem ersten Anprall des Kolbens zersplittern würde. Sie war noch immer erschöpft vom langen Abstieg. Eine Flucht die Treppe hinauf kam nicht in Frage.

In einem Aufwallen von Todesmut – nicht zum erstenmal hätte sie damit ihr Leben gerettet – blieb sie stehen und stellte sich ihrem Feind entgegen. Der Zwerg schrie zornig auf, vielleicht um seinem Hieb noch mehr Kraft zu verleihen. Doch er machte den Fehler, nicht von oben herab, sondern seitwärts nach Mütterchen zu schlagen.

Damit gab er ihr die Möglichkeit, unter dem Angriff hinwegzutauchen, was ihr mit einem schmerzerfüllten Ächzen gelang. Der Stahlkopf des Kolbens krachte in die Seitenwand des Treppenschachts, der Fels zerbarst, und ein Hagel aus Staub und Steinsplittern prasselte auf Mütterchen herab.

Sie führte einen blitzartigen Stich nach oben, in der Hoffnung, ihre Klinge von unten in den Schädel des Zwerges zu treiben. Doch ihr Gegner war schneller. Er sprang zurück, wich Mütterchens Attacke mühelos aus und holte abermals Schwung, um ihr mit dem Streitkolben den Schädel zu zertrümmern.

Mütterchen, immer noch in der Hocke, taumelte nach hinten, stieß mit der Ferse gegen die unterste Treppenstufe, suchte mit den Händen nach Halt, rutschte jedoch auf dem Algenteppich aus und verlor das Gleichgewicht. Ihr Rücken prallte auf die Kanten der Treppe, sie schrie auf, und vor ihren Augen explodierte ein Kranz aus Feuer. Sie glaubte, der Kolben hätte sie getroffen, und das Lodern und die tanzenden Lichter um sie herum seien die Vorboten des Todes. Dann aber klärte sich ihr Blick, und jemand streckte ihr eine riesenhafte Pranke entgegen. Löwenzahn! Mütterchen ließ sich von ihm aufhelfen und sah zugleich, daß der Zweihänder des Kriegers den Zwerg von hinten beinahe in zwei Hälften geschlagen hatte.

»Geist … «, stotterte sie mühsam, »und Alberich …«

»Den beiden geht es gut«, sagte Löwenzahn beschwichtigend und fügte ein wenig leiser hinzu: »Wenigstens glaube ich das.«

»Du *glaubst?*« fragte sie verwirrt und hatte immer noch Mühe, sich auf den Beinen zu halten.

Er nickte. »Der Kampf ist vorbei. Du solltest dir das ansehen.«

Sie ließ sich von ihm durch den Pflanzenvorhang führen. Da begriff sie, was er meinte.

Die drei verbliebenen Zwerge standen aufrecht in der Mitte der Höhle – wenigstens nahm Mütterchen das so lange an, bis sie entdeckte, daß die Fußspitzen der drei einen Finger breit über dem Boden schwebten. Ihre Gesichter waren verzerrt, einem hing die Zunge blau angeschwollen aus dem Mund. Um ihre Hälse lagen Schlingen wie von Peitschensträngen, aus deren holziger Oberfläche winzige Blätter wuchsen. Die Enden der Schlingen führten geradewegs zur Decke empor, aus Zweigen geflochtene Henkersstricke.

Geist hing immer noch dort oben. Ihr Rücken und ihr Hinterkopf lagen flach am Fels, ihre abgespreizten Arme und Beine wurden von einem Netz aus Ranken an der Decke gehalten. Der Farnwedel zwischen ihren Brüsten war verschwunden. Statt seiner entsprangen aus ihrem Moospelz die drei Zweige, mit denen sie die Zwergenkrieger erdrosselt hatte. Geists Augen waren geschlossen, ihr Mund stand leicht offen, und es sah aus, als schliefe sie. Ihr Brustkorb hob und senkte sich regelmäßig, während sich die Ranken raschelnd um ihre Arme und Beine wanden wie Schlangennester.

Alberich stand vor den drei toten Zwergen und starrte fassungslos hinauf zu dem Moosfräulein. »Wir müssen sie irgendwie runterholen«, flüsterte er, als hätte irgendwer das in Frage gestellt.

Löwenzahn vergewisserte sich, daß Mütterchen aus eigener Kraft stehen konnte, dann trat er vor, wobei er den Zweihänder über seine Schulter schwang. Auch er blickte an den drei Ranken empor zu Geist. Tiefe Sorge sprach aus seiner Miene.

»Vielleicht sollten wir die drei erst einmal losschneiden«, schlug Alberich unsicher vor.

Mütterchen humpelte aufgebracht auf ihn zu. »Du bist wahrlich ein zu kurz geratener Hornochse, Alberich Horthüter! Diese Ranken kommen aus Geists Körper! Wie würde es dir gefallen, wenn wir dir drei Finger abschneiden?«

»Aber es sind bloß Zweige!« widersprach er, obwohl Mütterchen ihm ansah, daß er Zweifel an seinen eigenen Worten hatte. »Ich meine, sie sind aus Holz und –«

»Nichts da!« widersprach Mütterchen. »Gar nichts wird hier durchgeschnitten!«

Je länger Löwenzahn Geists rankenumschlungenen Leib anstarrte, desto bleicher wurde sein Gesicht. »Trotzdem müssen wir irgendwas tun.«

Alberich zuckte mit den Schultern. »Vielleicht fällt sie ja nach einer Weile von alleine runter.«

»Hoffentlich wenn du gerade druntersteh st!« entfuhr es Mütterchen lakonisch, und sie verdrehte dabei die Augen. »Manchmal frage ich mich ernsthaft, wie du jemals Hüter dieses Berges geworden bist.«

Zornig fuhr der Zwerg herum. »Ich habe es mir nicht ausgesucht, das kannst du mir glauben!«

Löwenzahn streckte vorsichtig die Finger aus und versuchte, die Schlinge am Hals eines der Zwerge zu lockern. Doch der Peitschenzweig zog sich unter der Berührung nur noch enger zusammen. Löwenzahn zuckte erschrokken zurück.

»Geist?« fragte er zaghaft. Bislang hatte noch keiner von ihnen versucht, das Moosfräulein anzusprechen.

Und tatsächlich, der einfachste Weg war der richtige. Geist schlug die Augen auf, als sie ihren Namen vernahm, und noch im selben Moment lösten sich die drei Schlingen mit einem blitzschnellen Ruck. Alberich und Löwenzahn traten eilig einen Schritt zurück, als die Toten polternd zu Boden fielen. Das Moosfräulein löste den Kopf von der Decke und sah an sich herab zu ihren Füßen. Wie auf ein stummes Kommando lösten sich die Ranken an ihren Fußgelenken, und wenige Herzschläge später baumelte Geist nur noch mit den Händen an der Decke. Löwenzahn fing sie sanft auf, als sich die Schlingen auch von ihren Fingern und Handgelenken zurückzogen.

»Laß mich bitte runter«, bat sie und lächelte den Hunnenkrieger zaghaft an. Löwenzahn hob eine Augenbraue, im Zweifel, ob sie wirklich kräftig genug war, um stehen zu können, erfüllte ihr dann aber den Wunsch.

Geist schwankte ein wenig, fand jedoch schließlich ihr Gleichgewicht wieder. Jetzt erst blickte sie auf die drei Leichen herab.

»War *ich* das?« fragte sie betroffen. Zugleich huschte ein Schatten über ihre Züge, als bekäme sie plötzlich Angst vor sich selbst.

Mütterchen legte ihr eine Hand auf die Schulter. »Du hast uns das Leben gerettet«, sagte sie stolz.

Geist konnte ihren Blick nicht von den Toten nehmen. »Ich wußte nicht ... ich meine, ich hatte ja keine Ahnung, daß ich ...!«

»Das hatte wohl keiner von uns«, meinte Alberich düster.

Mütterchen sah ihn streng an, sagte aber nichts.

Die drei Ranken aus Geists Brust baumelten an ihrem Körper herab und ringelten sich auf dem feuchten Felsboden. Das Moosfräulein hob eine Hand und streichelte zärtlich darüber, und wenig später zogen sich die Zweige zurück, wurden kürzer und verschwanden schließlich völlig zwischen ihren Brüsten.

»Wenn ich es nicht mit eigenen Augen gesehen hätte«, begann Löwenzahn, führte den Satz aber nie zu Ende, denn Mütterchen sagte laut: »Ich glaube, wir sollten allmählich herausfinden, wo diese Kerle hergekommen sind.«

Alberich nickte hastig, offenbar dankbar, daß ihn jemand von Geists gespenstischen Fähigkeiten ablenkte.

Löwenzahn sagte: »Es gibt noch eine größere Grotte, gleich nebenan.« Er deutete auf die Öffnung, durch die Geist und er am Vortag hereingekommen waren. Das Rauschen der Wasserstrahlen, die sich dort aus den Kanallöchern in den See ergossen, schien schlagartig an Lautstärke zuzunehmen, als hätte das Geräusch nur darauf gewartet, endlich wahrgenommen zu werden.

Alberich packte entschlossen seine Axt und ging voran, ihm folgten Löwenzahn, dann Geist und zuletzt Mütterchen. Als sie schließlich alle auf der Felsscholle standen, die sich über einen Teil des unterirdischen Sees erstreckte, schüttelte der Zwerg nachdenklich den Kopf.

»Früher war der Wasserspiegel viel höher«, meinte er mißtrauisch.

Mütterchen fiel ihre Beobachtung im Treppenschacht

ein. »Auch die Stufen standen bis vor kurzem unter Wasser.«

Alberich nickte und deutete über den See. »Der Strudel war beim letztenmal, als ich hier war, noch nicht da.«

»Wie lange ist das her?« fragte Mütterchen.

Er hob unsicher die Schultern. »Acht, neun Jahre.«

»In der Zeit kann hier unten viel geschehen sein«, meinte Löwenzahn.

Mütterchen trat auf ihren Stab gestützt näher an den Rand der Scholle. »Unter dem Fels ist ein Hohlraum«, stellte sie fest. »Der See geht darunter weiter.«

Löwenzahn stimmte zu. »Gestern, als Geist und ich hier unten waren, dachte ich, ich hätte jemanden gesehen. Er sprang vor meinen Augen ins Wasser und verschwand.«

Alberich schlug sich fassungslos vor die Stirn. »Und das erzählst du uns erst jetzt?«

»Ich hab's Mütterchen erzählt«, verteidigte sich der Krieger.

»Das stimmt«, sagte die Räuberin grübelnd. »Aber seit wann haben Zwerge Kiemen?«

»Zwerge hassen das Wasser«, knurrte Alberich, verärgert, daß man ihm Löwenzahns Beobachtung bisher vorenthalten hatte.

Geist mischte sich ein. »Er könnte sich unter dem Felsen versteckt haben, bis Löwenzahn und ich wieder fort waren. Wenn es wirklich einen schmalen Hohlraum zwischen Stein und Wasser gibt, hätte er dort atmen können.«

»Trotzdem wissen wir noch immer nicht, woher all diese Zwerge plötzlich kommen«, sagte Mütterchen.

»Und was sie hier wollen«, fügte Alberich hinzu.

Löwenzahn rollte mit den Augen. »Natürlich das, was alle wollen.«

»Das Gold«, stimmte Mütterchen zu.

»Dann sollten wir uns endlich die Horthalle ansehen«, meinte Löwenzahn, wollte sich abwenden und zurück in die Nebengrotte gehen. Da fiel sein Blick auf Geist. Das Moosfräulein war an eine der Wände getreten, auf der anderen Seite des begehbaren Teils der Höhle. Im Dämmerlicht verschmolz sie beinahe völlig mit dem moos- und algenbedeckten Hintergrund.

»Das war es also, was ich gespürt habe«, sagte sie leise, ohne sich zu den anderen umzudrehen.

Sogleich eilten die anderen zu ihr und blickten verwundert auf eine Stelle an der Wand, etwa zwei mal zwei Schritte groß, an der die fünf Zwerge den Pflanzenbelag zerschnitten und abgeschabt hatten.

»*Das* hast du gespürt?« fragte Löwenzahn staunend.

Geist nickte stumm.

»Warum haben sie das getan?« wunderte sich Mütterchen.

Alberich deutete ein Stück nach rechts. Dort lehnten im Schatten eines Vorsprungs sechs Spitzhacken an der Wand, außerdem mehrere Hämmer, Meißel und andere Arbeitsutensilien der Zwerge. »Sie wollten einen Stollen graben«, stellte er fest und schüttelte ungläubig den Kopf.

»Oder einen Durchbruch«, fügte Mütterchen hinzu.

Der Zwerg starrte sie aus großen Augen an. »Unmöglich! Es gibt dahinter nur massiven Fels, keinen Hohlraum.«

Mütterchen winkte ab. »Wie Löwenzahn schon richtig erkannt hat: Seit du zuletzt hier unten warst, kann vieles geschehen sein.« Sie deutete auf den Strudel, der das Wasser in eine Öffnung riß, die, laut Alberich, vor einigen Jahren noch nicht existiert hatte. »Ich fürchte, mein Freund«, sagte sie unheilschwanger, »irgendwer ist schon seit längerer Zeit dabei, deinen Berg zu untergraben.«

Alberichs Lippen bebten. Er brachte vor Erschütterung kein Wort heraus

»Sag«, meinte Mütterchen und zeigte auf die Stelle, an der die Zwerge die Pflanzen entfernt hatten, »was liegt in dieser Richtung?« Sie ahnte die Antwort bereits, bevor Alberich endlich die Kraft fand, die beiden Worte auszusprechen.

»Die Horthalle«, sagte er heiser.

❧

Mütterchen trat an Alberichs Seite durch das hohe Portal und wappnete sich für den schlimmsten aller Anblicke: Dutzende Zwerge, die mit Kisten und Säcken wie Ameisen über die Schätze der Nibelungen schwärmten.

Als sie von der kleinen, geländerlosen Plattform im oberen Teil der Hallenwand hinab in die Tiefe blickte, blendete sie das Glitzern und Funkeln des Hortes wie der Feuerstoß eines Drachen. Erst als sich ihre Augen an die unnatürliche Helligkeit gewöhnten, erkannte sie erleichtert, daß ihre Sorge unbegründet war. Zwar war es unmöglich, von so hoch oben Einzelheiten zu erkennen, doch jedes Lebewesen, das sich dort unten aufhielt, hätte sich von der unermeßlichen Pracht des Schatzes abheben müssen wie eine Regenwolke vom Sommerhimmel.

Die Halle war rund und so weitläufig, daß die gegenüberliegende Seite nur schwer auszumachen war. Aus der Tiefe funkelte der Goldglanz des Hortes empor und schien die unteren Regionen der Halle mit einem Dunst aus purem Licht zu erfüllen. Eine Wendeltreppe schlängelte sich spiralförmig um die Wände. Beim ersten und einzigen Mal, daß Alberich Mütterchen und die beiden anderen mit hinab zur Oberfläche des Hortes genommen hatte, waren sie am Mittag von der Portalplattform aufgebrochen und hatten am frühen Abend den Fuß der Treppe erreicht. Es war ein langer, eintöniger Marsch, und noch dazu ein Wagnis, denn die Treppe war schmal und besaß auf ihre gesamten Länge kein Geländer. Die Gefahr, nach innen abzustürzen, war groß, wenn man die Stufen nicht ruhig und mit Bedacht hinabstieg. Unter der Decke der Halle, genau in der Mitte, hing ein beschädigter Seilzug, mit dem einst die Schätze nach unten transportiert worden waren. Die Holzbrücke, die ihn früher mit der Plattform verbunden hatte, war schon vor langer Zeit eingestürzt.

»Niemand hier«, bemerkte Löwenzahn ohne jede Spur von Erleichterung. Er hatte sich bereits auf einen weiteren Kampf gefreut.

Alberich dagegen war anzusehen, daß ihm ein Stein vom Herzen fiel. Er wollte etwas sagen, doch Mütterchen kam ihm zuvor.

»*Noch* ist niemand hier«, meinte sie, »aber das könnte sich bald ändern. Hört ihr das?«

Ein dumpfes Knirschen und Schleifen ertönte, ohne

daß jemand hätte sagen können, woher es rührte. Es kam von irgendwo aus dem Inneren der Felsen.

»Da sind noch mehr von ihnen«, fuhr Mütterchen fort. »Und wer weiß, wie lange sie noch brauchen, um bis zur Halle durchzubrechen.«

»Aber wo kommen die her?« fragte Löwenzahn. »Zwerge sind doch keine Pilze, die einfach aus dem Boden schießen.« Grinsend fügte er hinzu: »Auch wenn sie mit ihren Mützen so aussehen.«

Alberichs Gesicht schien mit jedem Atemzug die Farbe zu wechseln, doch das hatte nichts mit Löwenzahns Bemerkung zu tun. Seine faltigen Züge waren mal bleich wie die Leichen der erdrosselten Zwerge, mal hochrot vor Zorn und Hilflosigkeit. »Von unten«, sagte er mit schwerer Zunge. »Sie kommen von unten.«

»Aber ich denke, da ist nichts?« wandte Mütterchen ein, schaute ihn dabei jedoch neugierig, fast ein wenig argwöhnisch an.

»Es gibt nur diese Möglichkeit«, stieß Alberich atemlos hervor. »Sie müssen über die alte Zwergenstraße gekommen sein.«

»Alte Zwergenstraße?« fragte Geist. »Was ist das?«

Auch Löwenzahn und Mütterchen blickten verständnislos.

»Ein Tunnel«, sagte er, und jeder merkte ihm an, daß ihm im Augenblick nicht nach weitschweifigen Erklärungen zumute war. »Er führt durch die Tiefen der Erde hinauf ins Nordland. Vor gut zweihundert Jahren zog das Volk vom Hohlen Berg über die alte Zwergenstraße zurück in seine frühere Heimat, dorthin, von wo aus unsere Ahnen einst nach Süden aufgebrochen waren.«

»Du meinst, es gibt einen Tunnel *unter* dem Hohlen Berg?« fragte Mütterchen verblüfft, aber auch ein wenig verärgert, daß Alberich ihnen erst jetzt davon erzählte.

»Niemand kennt den Einstieg«, verteidigte sich der Zwerg.

»Abgesehen von dir, natürlich«, brummte Löwenzahn.

»Ich bin der Hüter des Hortes!« fuhr Alberich ihn an. Falls er weihevoll klingen wollte, so mißlang es ihm in der Hitze seiner Erregung. »Natürlich kenne ich den Einstieg! Aber außer mir weiß keiner davon.«

»Nun«, meinte Mütterchen, »offenbar ist vor zweihundert Jahren ein ganzes Volk hindurchgezogen. So alt wie ihr Zwerge werdet, liegt das höchstens zwei Generationen zurück, nicht wahr?«

Alberich nickte verdrossen.

Geist riß vor Staunen den Mund auf. »Heißt das, die Zwerge kehren zurück?«

»Möglich«, sagte Mütterchen grübelnd. »Aber ich glaube eher, daß es sich nur um einige wenige handelt. Eine Bande höchstens zwei, drei Dutzend.«

»Woher willst du das wissen?« fragte Löwenzahn.

»Wenn es ein ganzes Volk wäre oder eine Armee, dann hätten wir in der Wassergrotte gewiß mehr als nur diese sechs angetroffen.« Sie wandte sich an Alberich. »Wo genau befindet sich der Einstieg zur Zwergenstraße?«

»Das darf ich nicht sagen!«

»Wir sind deine Freunde!« entfuhr es Mütterchen aufgebracht.

»Ihr seid keine Zwerge«, meinte er beharrlich, wagte aber nicht, der Räuberin dabei in die Augen zu blicken.

Löwenzahn wollte auffahren, doch Mütterchen schnitt ihm mit einer Handbewegung das Wort ab. »Wie du meinst, Horthüter«, sagte sie zu Alberich. Und damit drehte sie sich zum Portal um und ging davon.

»Wo willst du denn hin?« rief Alberich ihr hinterher.

Löwenzahn schenkte ihm einen finsteren Blick, und sogar Geist sah verärgert aus. Beide machten sich wortlos auf, Mütterchen zu folgen.

Alberich stand einen Augenblick lang da wie versteinert, dann setzte er sich in Bewegung. Wild gestikulierend überholte er die beiden, lief hinaus auf den Gang und hielt Mütterchen am Ärmel ihres Gewandes fest. Widerwillig blieb sie stehen, während die beiden anderen aufholten. Alberich stellte sich ihnen in den Weg, mit hängenden Schultern und schuldbewußter Miene. Nach Worten ringend trat er von einem Fuß auf den anderen.

»Ihr könnt das nicht verstehen«, murmelte er fahrig.

»Du vertraust uns nicht, das verstehen wir sehr wohl«, gab Mütterchen zornig zurück. »Wir sind keine Zwerge, das ist wahr, und ich bin heilfroh darüber. Und doch haben wir zwei Jahre lang für dich und das Vermächtnis deines Volkes gekämpft. Hast du das vergessen?«

»Was für eine Frage!« gab er aufgebracht zurück. »Nichts ist vergessen, und nichts wird jemals vergessen sein. Mein Volk« – er verbesserte sich widerwillig – »*ich* werde euch immer dankbar sein.«

»Nicht dankbar genug, uns ins Vertrauen zu ziehen«, sagte Löwenzahn. Geist an seiner Seite schwieg, nickte nur langsam. Ganz andere Gedanken beschäftigten sie. Noch immer war sie im Zweifel über sich selbst und ihre Fähigkeiten.

Ein Feuerwerk aus Gefühlen und Regungen spiegelte sich auf Alberichs faltigen Zügen wieder. Sein Ringen mit sich selbst blieb den Gefährten nicht verborgen. Mütterchen und die anderen warteten geduldig ab, bis er neuerlich das Wort ergriff.

»Gut«, sagte er schließlich, und plötzlich klang seine Stimme wieder fest und entschlossen, wie sie es von ihm gewohnt waren. »Ich werde euch alles erzählen. Laßt uns hinuntergehen zum Hort, und auf dem Weg dorthin sollt ihr erfahren, was damals geschah, beim letzten Mal, als der Zugang zur alten Zwergenstraße geöffnet wurde.«

Mütterchen und Löwenzahn wechselten einen Blick, dann nickte die Räuberin. »Alles?« fragte sie den Zwerg mit hochgezogener Augenbraue.

Er brummte etwas Unverständliches, dann sagte er: »Alles!«

So brachen sie auf und traten zum zweiten Mal an diesem Tag durch das Portal auf die Plattform über dem Nibelungenhort. Abermals schlug sie der überwältigende Goldglanz aus der Tiefe in seinen Bann, doch diesmal verharrten sie nicht angesichts dieses Anblicks. Was immer ihnen zu tun blieb, mußte sehr schnell getan werden. Alberich betrat als erster die schmale Treppe in der Wand der Halle, Mütterchen, Geist und Löwenzahn folgten ihm. Die Stufen waren zu schmal, um zu mehreren oder auch nur zu zweit nebeneinander zu gehen, und so machten sie sich hintereinander auf den Weg. Ein kühler Luftzug spielte in ihrem Haar, in Alberichs Bart und im Fellbesatz von Löwenzahns Rüstzeug. Es roch anders als in den übrigen Sälen und Fluren des Berges, nicht feucht und modrig, sondern metallisch, fast wie Blut. Mütterchen hatte nicht gewußt, daß Gold einen eigenen Geruch besaß, aber sie hatte auch nie vor ihrer Zeit im Hohlen Berg solche Mengen davon auf einem Haufen gesehen. Sie fragte sich sorgenvoll, welche anderen neuen Erfahrungen ihnen der Abstieg in die Tiefe der Horthalle bringen würde.

Dann aber hob Alberich seine Stimme, und die Gedanken der anderen wandten sich dem zu, was er zu berichten hatte. »Vor zwei Jahrhunderten war der Hohle Berg ein Ort voller Leben. Kein zweites Zwergenvolk gab es südlich der Nordlande, das es zu solcher Blüte gebracht hatte. Hunderte, Tausende meiner Brüder und Schwestern bevölkerten die tiefen Hallen des Berges, sie schürften Gold und Silber und Erz in den Minen und fertigten daraus den prächtigsten Schatz, den je das Auge eines Sterblichen gesehen hat.

Doch das Volk vom Hohlen Berg war kein glückliches Volk, denn es war nicht sein eigener Herr, und der letzte König unter dem Berg, Thorhâl, war ein König ohne Macht. Die wahren Herrscher waren die Nibelungen, denen sich einer von Thorhâls Vorgängern verpflichtet hatte, und das Geschmeide, das die Zwerge schufen, fiel allein dem Fürsten Nibelung und seinen Erben anheim. Meine Vorfahren trugen keine Sklavenketten, und es gab keine Wächter oder Aufseher im Hohlen Berg; und doch fesselte der Eid des alten Königs die Zwerge fester an die Faust der Nibelungen als jeder Reif aus Stahl und jede schmiedeeiserne Kette. Vergessen war der Zugang zur alten Zwergenstraße, durch die vor Urzeiten die ersten Zwerge aus dem Nordland zum Hohlen Berg gekommen waren, und so lebten meine Vorfahren friedvoll, aber betrübt in diesen Hallen und mehrten den Reichtum der Nibelungenfürsten.

Da begab es sich eines Tages, daß Eindringlinge im Hohlen Berg gesichtet wurden, erst einzelne, dann immer mehr, bis schließlich eine ganze Heerschar aus den Tiefen heraufstieg und Krieg über mein Volk brachte. Nordlinge waren es, gewaltige Krieger, vielleicht den Menschen verwandt, vielleicht auch den Riesen, oder gar eine bösartige Kreuzung aus beiden. König Thorhâl und seine Kämpfer erkannten, daß die Nordlinge nur über einen einzigen Weg in den Berg gelangt sein konnten: Es mußte ihnen gelungen sein, die alte Zwergenstraße zu durchqueren, vom eisigen Nordland aus bis hierher, mitten ins Herz des Hohlen Berges. Sie hatten den vergessenen Zugang von unten aufgestoßen und waren geradewegs in Thorhâls Reich marschiert, und mit sich brachten sie Tod und Verderben. Ihr scharfer Stahl blitzte im Goldglanz des Hortes, und ihre Augen leuchteten vor Gier. So kamen sie über meine Vorfahren, und viele meiner Brüder fielen unter ihrem ersten Ansturm. Schlacht um Schlacht entbrannte in den Hallen des Berges, wochenlang wüteten die Kämpfe. Die Nibelungen weigerten sich einzugreifen, sie versperrten das Portal des Hohlen Berges von außen und warteten ab, wer als Sieger aus dem Krieg in der Tiefe hervorgehen würde. Seit Generationen hatten die Zwerge nicht mehr kämpfen müssen. Alles, was sie kannten, war die Arbeit in den Minen, das Schürfen nach Gold, das nicht ihnen gehörte. Die Hälfte der Zwergenarmee fiel im Kampf gegen die Nordlinge, und doch gelang es dem Rest, den Feind vernichtend zu schlagen. Hunderte Zwerge hatten ihr Leben gelassen, obwohl die Angreifer ihnen an Zahl weit unterlegen waren. Teile des Berges waren verschüttet, neue Durchbrüche und Höhlen entstanden, und trotz ihrer Verluste hatten die Zwerge zumindest einen Gewinn aus dem Krieg mit den Nordlingen gezogen: Ihr Wille zu kämpfen, ihr Wunsch nach Freiheit und Sieg war zurückgekehrt.

Da nun der Zugang zur Zwergenstraße wiederentdeckt war, faßte König Thorhâl den Beschluß, eine kleine Gruppe von Kriegern gen Norden zu schicken. Ihre Aufgabe sollte es sein, den Tunnel selbst, vor allem aber die Lage im Nordland zu erkunden. Gab es dort oben noch Zwerge, oder waren sie alle dem Haß der Nordlinge zum Opfer gefallen? Unterschied sich ihre Lebensweise von jener ihrer Verwandten im Hohlen Berg? Und mußte man mit Widerstand rechnen, wenn mit einemmal mehrere tausend Flüchtlinge aus dem Tunnel stiegen und einen Teil des alten Zwergenlandes zurückforderten?

Der Plan des Königs nämlich war es, den uralten Eid zu brechen, die Arbeit am Hort zu beenden und mit seinem ganzen Volk in die Heimat der Zwerge zurückzukehren.

Der König wählte eine Frau, um die Gruppe der Auserwählten anzuführen. Grimma war ihr Name, eine Heerführerin, mit der es kein anderer Krieger im Berg an Klugheit oder Kampfkraft aufnehmen konnte. Ihr zur Seite stellte er einige der besten Kämpfer des Reiches.

Wagemutig machte sich der Erkundungstrupp auf den Weg, und zum erstenmal seit Beginn der Nibelungenknechtschaft hallte wieder lauter Jubel durch die Flure und Säle des Berges. Vergessen geglaubte Lieder ertönten aus zahllosen Kehlen, die alten Instrumente wurden hervorgeholt, und Geschichten vom einstigen Ruhm des

Zwergenvolkes machten die Runde. Jedermann war voller Hoffnung und Freude, und da war nicht einer, der bezweifelte, daß Grimmas Mission erfolgreich sein würde. Bald, so hoffte man, würde man dem Berg den Rücken kehren und dorthin gehen, wo es noch ein Leben in Freiheit gab, und Ehre und Reichtum im Überfluß.«

Mütterchen unterbrach Alberichs Redefluß. »Hat denn keiner daran gedacht, daß es gewiß einen guten Grund gab der die Zwerge dereinst veranlaßt hatte, das Nordland zu verlassen?«

»Im Jahr des Krieges mit den Nordlingen war ich noch nicht geboren«, erwiderte der Zwerg, ohne beim Abstieg die Treppe hinab innezuhalten, »und ich weiß nicht, ob sich jemand diese Frage gestellt hat. Aber Thorhâl war kein dummer König, und sicher hat er alle Möglichkeiten in Betracht gezogen.«

Mütterchen war damit keineswegs zufriedengestellt, doch Löwenzahn rief von hinten: »Erzähl schon weiter, Alberich! Wie erging es Grimma und ihren Männern? Was geschah dort unten im Tunnel?«

Der Horthüter räusperte sich würdevoll. »Groß waren die Mühen der Reisenden und verwegen ihre Abenteuer, ehe sie schließlich ans Ende der alten Zwergenstraße gelangten. Schon Tage zuvor wehte ihnen die Kälte der Nordlandgletscher entgegen, und die Wände des Tunnels waren mit Eis überzogen. Selbst die wärmste Kleidung vermochte den Frost nicht fernzuhalten. Doch obgleich sie alle froren und zitterten, glaubten sie mit aller Kraft an ihre Mission und an Thorhâls Plan. Vor allem Grimma verließ in keinem Augenblick der Mut. Wahrlich, sie war eine große Anführerin, eine, die nicht nur wußte, wie man gegen Schwerter und Äxte kämpft, sondern auch gegen schwindende Hoffnung und die Wut der Elemente.« Alberich verstummte für einen Moment, und Mütterchen glaubte schon, er wollte nicht fortfahren. Doch der Zwerg holte tief Luft, und als er weitersprach, verriet seine Stimme, wie sehr ihn der Gedanke an die vergangenen Heldentaten bewegte. Er klang sanft, fast traurig, als er sagte: »Grimma war nicht wie die anderen, und jeder ihrer Begleiter wußte das. Von ihren Männern wurde sie verehrt und gefürchtet zugleich, ganz so, wie es sich jeder Hauptmann wünscht.«

Mütterchen fragte sich, woher Alberich, der sein ganzes Leben allein im Hohlen Berg verbracht und nie einen Hauptmann kennengelernt hatte, das wissen wollte. Doch schien ihr dies kein guter Augenblick für eine erneute Unterbrechung. Alberichs Stimme klang belegt, teilnahmsvoll. Beinahe so, als wüßte er besser Bescheid über die Geschehnisse von damals, als er zugeben wollte. Zum erstenmal beschlichen Mütterchen leise Zweifel, ob der Horthüter ihr und den anderen tatsächlich in allem die Wahrheit gesagt hatte. Über sich selbst, den Hohlen Berg und über das Verschwinden der Zwerge.

Alberich schwelgte immer noch im Lob für eine Kriegerin, die vor vielen Jahrzehnten gestorben sein mußte. Mütterchen drehte sich im Gehen irritiert zu Geist und Löwenzahn um. Das Moosfräulein zuckte nur mit den Schultern, und nicht einmal der Halbhunne wagte, Alberichs Hymne auf Grimma zu unterbrechen, so als spürte er instinktiv, daß es hier um weit mehr ging als nur um den Ruhm einer alten Zwergenheldin.

»Stark war Grimmas Axtarm«, sagte Alberich, »und

weise ihr Zuspruch. Sie verdrängte die Kälte aus ihrem Körper und mit ihr die Angst vor dem, was sie im Nordland erwarten mochte. Kein anderer hätte den Trupp so weit führen können, und keinen hätte das, was später geschah, härter treffen können als sie.«

Abermals hielt er inne, und nachdem eine Weile lang das Klappern ihrer Schritte auf den Felsstufen der einzige Laut in der Halle gewesen war, fuhr er tonlos fort: »Grimma und ihre Männer erklommen die Steinrampe, die hinauf zum Ausstieg der Zwergenstraße führte, und weit über sich sahen sie den Himmel des Nordlandes, schwer von Wolken aus Schnee und Eis. Die Kälte biß durch ihre Kleidung, stach wie Pfeilspitzen in ihre Leiber, doch in diesem Augenblick war aller Schmerz vergessen. Sie waren am Ziel, endlich am Ziel, und sie hatten kaum mehr als fünf Monde dafür gebraucht. Es war eine Zeit voller Entbehrungen gewesen, eine Zeit des Hungers, der Kälte und der Einsamkeit im Dunkeln. Zwei von ihnen waren dabei auf der Strecke geblieben, zwei weitere konnten vor Erschöpfung kaum mehr laufen. Jetzt aber, da das Nordland in greifbarer Nähe lag, waren das Elend und die Qual des Weges vergessen, und vor sich glaubten sie die Zukunft ihres Volkes, die lang ersehnte Freiheit.

Sie erreichten den Rand der Öffnung und sahen, daß sich um sie herum steile Schrägen erhoben, ein Rund aus steinernen Stufen. Eine Arena war es, ein Amphitheater von gewaltigen Ausmaßen, und in seiner Mitte klaffte der Zugang zum Tunnel. Grimma und die Krieger kletterten die verschneiten Ränge empor, und oben angekommen entdeckten sie, daß sich die Arena im Herzen einer Stadt befand und die Stadt in einem Tal und das Tal in einem hohen, zerklüfteten Gebirge. Kein lebendes Wesen war weit und breit zu sehen. Die Stadt war ein Labyrinth aus Ruinen, aus Mauerresten, eingestürzten Torbögen und zerfallenen Dächern, und ringsum türmten sich gewaltige Felsbrocken, manche nicht größer als ein Pferd, andere aber so schwer wie ein Haus, und es sah aus, als seien sie geradewegs vom Himmel herabgefallen. Alles war von einer Schneedecke überzogen, die es schwierig machte, Einzelheiten zu erkennen. Doch je länger Grimma und die anderen über den Rand der Arena hinausschauten, desto größer wurde ihre Gewißheit, daß diese Stadt nicht immer im Freien gelegen hatte. Denn die Felsen waren augenscheinlich die Überreste einer mächtigen Höhlendecke, die das ganze Tal überspannt hatte, und die Berghänge rundherum waren die Wände einer riesigen Grotte. Die Häuser, Plätze und Straßen hatten einst im Inneren eines Berges gelegen, bis irgend etwas – oder irgendwer – die Felsdecke zum Einsturz gebracht hatte.

Grimma hatte nach so langer Zeit endlich die alte Heimat ihrer Väter wiedergefunden, und nun genügte ein einziger Blick, um zu erkennen, weshalb die Zwerge sie damals verlassen hatten.«

KAPITEL 5

Sie lagen in einer Reihe am Rande der Arenamauer, achtzehn Zwerge nebeneinander, jeder in Felle gehüllt. Fassungslos blickten sie über die schneebedeckte Ruinenlandschaft. Viel war von der Stadt nicht mehr zu erkennen, weit über zwei Drittel lagen unter den Trümmern der eingestürzten Höhlendecke begraben. Anders als das Reich im Hohlen Berg, das aus einem System von Höhlenkammern und Stollen bestand, war dies eine Stadt beinahe nach dem Vorbild der Menschen gewesen. Sie war ebenerdig angelegt worden, mit Häusern und Türmen und offenen Straßen. Der einzige Unterschied war, daß sie am Boden einer gewaltigen Grotte errichtet worden war.

Styrmir, der Berater des Königs, lag rechts neben Grimma. Er hatte offenbar den gleichen Gedanken wie sie. »Kein Zwerg vermag es heutzutage mehr, einen Hohlraum von solcher Größe in den Fels zu treiben«, flüsterte er beeindruckt.

»Einen ganzen Berg abzustützen«, meinte Egil, »das ist unglaublich!«

»Unglaublich, ja, und anscheinend auch ziemlich unbedacht«, setzte Gellir Rotbart mürrisch hinzu. »Immerhin ist die Decke eingestürzt.«

Styrmir ließ seinen Blick weit über die untergegangene Stadt schweifen. »Da unten ist kein Leben mehr«, stellte er fest. Er wollte aufstehen, doch Grimma riß ihn an der Schulter zurück auf den vereisten Stein.

»Warte!« befahl sie. »Falls doch noch jemand da ist, muß er nicht wissen, daß wir in seiner Nähe sind.«

»Nordlinge?« fragte Bollis, der zu ihrer Linken lag.

»Wer weiß?« Sie gab den anderen ein Zeichen, sich auf dem Bauch ein Stück zurückzuziehen, fort von der offenen Mauerkante. »Wir sind während der fünf Monde im Tunnel nicht einem einzigen Nordling begegnet. Sie müssen von hier gekommen sein.«

»Aber das hier ist Zwergenland!« entfuhr es Bollis erzürnt.

»*War* Zwergenland, du Dummkopf!« verbesserte ihn Gellir. Die grellweiße Sonne des Nordlandes spiegelte sich auf seiner eisernen Augenklappe, ließ sie leuchten wie ein Zyklopenauge.

Bis zum Einfall der Berserker im Hohlen Berg waren die Nordlinge für die Zwerge nicht mehr als eine Legende gewesen, ein sagenumwobenes Kriegervolk, das durch die

Erzählungen der Alten geisterte. Nichts war über sie bekannt, nicht ihre genaue Herkunft, nicht ihre Lebensweise. Allein ihre Kampfkraft war überliefert, und mit ihr die Berichte von Mord und Zerstörung.

Styrmir wandte sich im Liegen abermals an Grimma. »Du glaubst also, dort unten in den Ruinen leben Nordlinge?«

»Vielleicht«, sagte sie finster. »Oder Schlimmeres.«

»Was ist schlimmer als Nordlinge?« fragte ein junger Schreiber. Der zweite war vor drei Monden in einem unterirdischen Flußlauf ertrunken.

»Wir werden einen Erkundungstrupp bilden«, sagte Grimma. »Acht Mann gehen hinunter und schauen sich um, der Rest bleibt hier und wartet.«

»Ich gehe!« verkündete Gellir Rotbart entschlossen. »Ich werde nicht hier oben auf dieser Mauer herumliegen und warten, bis meine Axt eingeschneit ist.«

Andere pflichteten ihm bei, nur der Schreiber fragte ein zweites Mal: »Was ist schlimmer als Nordlinge?« Auch diesmal erhielt er keine Antwort.

Grimma erklärte, daß sie selbst den Spähtrupp anführen würde. Gellir, Bollis und Egil, sollten gleichfalls mitgehen, dazu vier der anderen Krieger, nicht die besten, damit auch die Zurückbleibenden im Falle eines Angriffs über ausreichende Kampfkraft verfügten.

Nachdem Grimma die letzten Anweisungen gegeben hatte, wollten sie und die anderen aufbrechen. Doch Styrmir hielt sie zurück. »Ich will auch mitgehen«, sagte er.

»Nein«, widersprach sie, »du bleibst hier.«

»Jemand wird dem König über die Lage dort unten Bericht erstatten müssen.«

Grimma lächelte; sie wußte, daß das nur ein Vorwand war. Styrmir ging es nicht um den König, erst recht nicht um seine Pflichten als Berater. Er wollte dabei sein, wenn sie etwas fanden, das war alles. Ihn reizte das Wagnis, der Lockruf des Unbekannten. Während der vergangenen Monde hatte er sich mehr als einmal freiwillig gemeldet, wenn es galt, dunkle Felsspalten zu erkunden und stille, schwarze Seen zu durchschwimmen. Grimma hatte jedesmal abgelehnt und den übrigen Zwergen den Vorzug gegeben. Nicht, weil sie Styrmirs Drängen nicht zu schätzen wußte. Aber die anderen waren Krieger, und sie waren sich der Tatsache bewußt, daß einige von ihnen diese Reise nicht überleben würden. Der Gedanke an den Tod war ihnen vertraut, sie hatten sich längst damit abgefunden. Styrmir aber war neugierig, wißbegierig, und Grimma fand nicht, daß es sich dafür zu sterben lohnte.

Sie wollte sich abwenden und mit den anderen davonkriechen, doch Styrmir packte sie am Arm. »Laß mich mitgehen«, bat er noch einmal. »Sollte es mein Tod sein, dann habe ich selbst es so gewollt.«

»Es wäre ein unnützer Tod.« Ungeduldig schüttelte Grimma seine Hand ab. »Es mag sich lohnen, im Kampf zu sterben, für das Leben anderer oder eine gerechte Sache. Aber dein Tod wäre niemandem zum Vorteil, nicht einem von uns und nicht unserem Ziel.«

Ein Lächeln huschte über Styrmirs tätowiertes Gesicht. »Du willst nicht, daß ich sterbe?«

»Natürlich nicht.« Sie hatte die Worte kaum ausgesprochen, als ihr die Frage durch den Kopf schoß, ob er damit irgend etwas andeuten wollte. Zu ihrem Erstaunen zog Styrmir sich zurück, doch das vage Lächeln blieb.

»Was ist so lustig?« zischte sie, zum erstenmal verunsichert.

»Nichts«, gab er leise zurück. »Ich wünsche dir viel Glück, Grimma.«

Sie mußte an sich halten, um nicht nach ihm zu greifen und den Grund dieses dreisten Lächelns aus ihm herauszuprügeln. Aber alle anderen beobachteten sie, und sie durfte sich nicht die Blöße geben, sich derart von Styrmir aus der Fassung bringen zu lassen. Jemand hüstelte betont, zwei andere flüsterten grinsend miteinander. Was, bei allen Göttern, ging hier vor?

Gellir legte ihr eine Hand auf die Schulter. »Gehen wir?«

Mit einem letzten Blick auf die Zurückbleibenden – bemüht, ihre Augen nicht auf Styrmir ruhen zu lassen – wandte Grimma sich um und kroch mit einem verächtlichen Schnauben an die Spitze des Spähtrupps. Gebückt huschten sie am inneren Rand der Arenamauer entlang. Ein Rundweg, etwa zehn Schritte breit, führte wie ein Wehrgang um das ganze Theater. Die Ränge waren wie die ganze Stadt von gewaltigen Felsbrocken übersät, dennoch glaubte Grimma, daß sich in der Arena keine Feinde verbargen. Solange sich ihr Trupp an der Innenkante der Ummauerung aufhielt, war er von der Stadt aus nicht zu sehen.

Ein Trümmerstück, so groß wie Thorhâls Thronsaal, hatte eine tiefe Kerbe in die äußere Wand gerissen, einen V-förmigen Einschnitt, der fast bis zum Boden herabreichte, mindestens zwanzig Schritte tief. Hier kletterten sie im Schutz von Geröll und Mauerresten nach unten und erreichten nach einer Weile ebene Erde. Der Vorplatz des Amphitheaters war zu einem Labyrinth aus Spalten geworden, die sich weit zwischen den herabgefallenen Felsbrocken verzweigten. Grimma ärgerte sich über sich selbst; sie hätte von oben einen Weg durch diesen Irrgarten auskundschaften müssen. Nun aber standen sie vor turmhohen Felsflanken und mußten sich allein auf ihr Gespür für die richtige Richtung verlassen.

Der Weg war mühsam und führte nur an wenigen Stellen über den gepflasterten Boden des Vorplatzes. Die meiste Zeit über kletterten sie grobkantige Schrägen hinauf und hinunter, und Eis und Schnee vervielfachten die Erschwernisse. Oft verlor einer von ihnen der Halt und riß einige der anderen mit sich. Als sie endlich die ersten Häuserruinen erreichten, war keiner unter ihnen, der nicht zahllose blaue Flecken, Schürfwunden und Prellungen davongetragen hatte.

Aus der Nähe erkannte Grimma, daß die meisten Gebäude von der herabgestürzten Höhlendecke zerschmettert worden waren. Vielfach standen noch einige der Außenmauern, aber im Inneren stießen die Zwerge auf Gesteinsbrocken, die nicht nur die Dächer, sondern auch die Zwischenböden durchschlagen hatten. Grimma hielt Ausschau nach Leichen, doch im Grunde war ihr klar, daß sie keine finden würde. Die Katastrophe, die das alte Zwergenreich vernichtet hatte, lag viele Jahrhunderte zurück, und das rauhe Wetter des Nordlandes mußte jede Spur seiner Bewohner verwischt haben. Selbst wenn es noch irgendwo Knochen oder Kleiderreste geben sollte, lagen sie unter meterhohem Stein und Schnee begraben.

Der Wind, der durch die schmalen Freiräume zwischen

Mauern und Felstrümmern wehte, verursachte sonderbare Geräusche, so als sei die ganze Alptraumlandschaft von einem bedrohlichen Flüstern erfüllt. Die Zwerge wurden mit jedem Schritt vorsichtiger, und Grimma war darauf bedacht, zu jeder Zeit persönlich an der Spitze des Trupps zu gehen. Mehrmals fuhr einer oder auch alle von ihnen herum, wenn sie glaubten, Stimmen oder Schritte zu hören, doch jedesmal erwiesen sich die Laute als Hirngespinst oder als das geisterhafte Pfeifen der Winterwinde.

Unter all den Trümmerbergen und Eismassen war es schwierig, sich das ursprüngliche Bild der Zwergenstadt vorzustellen. Die Arena schien einst der Mittelpunkt der riesigen Anlage gewesen zu sein. Gassen führten von dort aus sternförmig in alle Richtungen und waren untereinander durch weitere Schneisen und Durchgänge verbunden. Aus der Luft mußten die Wege ein Muster bilden, das einem Spinnenetz sehr ähnlich war. Die Gebäude hatten ein bis zwei Stockwerke, zudem gab es Reste einiger Aussichtstürme, von denen nur noch ein einziger aufrecht stand. Wie durch ein Wunder hatte ihn der Gesteinregen unversehrt gelassen.

Die gleißende Nordlandsonne näherte sich bereits dem Rand der zerschrundeten Felswände, als Grimma den Männern die Erlaubnis gab zu rasten. Sie alle waren erschöpft, manche von Stürzen leicht verletzt, und obwohl sie nach Grimmas Einschätzung etwa ein Drittel der Stadt grob ausgekundschaftet hatten, fühlte sie sich schutzlos und unsicher. Als Anführerin durfte sie ihre Gefühle keinem ihrer Gefährten offenbaren, und so tat sie gelassen und versuchte zugleich, den anderen Mut zuzusprechen. Sie fand selbst, daß sie dabei reichlich unbeholfen vorging, und sie kam sich unehrlich vor. Dennoch hatte sie bald das Gefühl, daß sich die niedergeschlagene Stimmung der Krieger ein wenig hob.

»Werden wir die Nacht hier draußen verbringen?« fragte Gellir, während sie alle sich in einer überdachten Nische aneinanderdrückten. Sie wagten nicht, ein Feuer zu entzünden, an dem sie sich hätten wärmen können. So lange nicht geklärt war, ob sich Nordlinge in den Ruinen aufhielten, durften sie durch nichts Aufmerksamkeit erregen.

»Haben wir eine andere Wahl?« erwiderte Grimma auf Gellirs Frage. »Außerdem ist es in der Arena auch nicht wärmer.« Sie fühlte sich selbst nicht wohl bei dem Gedanken, in der untergegangenen Stadt zu übernachten. Andererseits gab es nirgends einen besseren Platz. Immerhin hatten sie hier ein Dach über dem Kopf, das sie vor neuen Schneefällen schützte.

»Wenn die Nordlinge wirklich in der Nähe sind, müßte es dann nicht Hütten geben?« fragte einer der Krieger. »Sie schlafen doch kaum ein Leben lang unter freiem Himmel.«

Grimma nickte. »Morgen früh werden wir als erstes versuchen, den Aussichtsturm zu besteigen. Vielleicht sieht man von dort oben mehr.«

Bollis zog sich sein Fell enger um die Schultern. »Ich bin dafür, daß wir es heute noch versuchen. Sicher entzünden die Nordlinge Feuer. Wir könnten vom Turm aus nach Rauch suchen, der zwischen den Ruinen aufsteigt.«

»Wir würden den Turm vor Sonnenuntergang nicht mehr erreichen«, entgegnete Grimma.

»Nicht alle zusammen«, sagte Bollis, »aber wenn zwei von uns, die Schnellsten, loslaufen, könnten sie noch rechtzeitig dort sein.«

Grimma wußte, worauf er hinauswollte. Bollis und sie selbst liefen schneller als jeder andere. Gewiß hatte er recht: Sie konnten es schaffen. Vorausgesetzt, sie zögerte den Entschluß nicht länger hinaus.

»Nun gut.« Sie stand auf. »Egil, du führst unterdessen den Befehl. Sollten Bollis und ich im Morgengrauen nicht wieder bei euch sein, bringst du die anderen zur Arena. Kehrt zurück zum Hohlen Berg und berichtet Thorhâl, was wir gefunden haben. Soll er die Entscheidung treffen, was zu tun ist.«

Wenig später waren sie und Bollis unterwegs. Mit weiten Sätzen liefen sie durch die Ruinen, in jene Richtung, in der oberhalb von Mauerresten und Felskanten der schlanke Aussichtsturm emporstach. Sein schwarzer Umriß stand da wie eine Säule, die den graublauen Himmel stützte. Die Sonne war zur Hälfte hinter den spitzen Graten der Berge versunken, ihre verbleibenden Strahlen weckten die Nachtschatten aus ihrem Schlaf. Dunkelheit stieg vom Boden auf wie schwarzer Dunst.

Sie brauchten länger, als sie vermutet hatten, bis sie endlich, völlig außer Atem, den Fuß des Turmes erreichten. Sein Eingang wurde nahezu gänzlich von einem Granitbrocken versperrt, und nur mit Mühe gelang es Grimma und Bollis, sich durch den engen Spalt ins Innere zu zwängen. Dort erwartete sie die nächste Enttäuschung: Der untere Teil der Wendeltreppe, die an den Wänden nach oben führte, war eingestürzt – ein Trümmerstück, das geradewegs von oben in den Turm gefallen war, hatte die Aussichtsplattform zerstört und bei seinem Fall in die Tiefe einen Teil der Stufen mit sich gerissen.

»Wir können es trotzdem schaffen«, munterte Grimma den enttäuschten Bollis auf und deutete auf die Fensternischen, die in regelmäßigen Abständen den Verlauf der Wendeltreppe unterbrachen. »Die obere Plattform mag zerstört sein, aber wenn es uns gelingt, irgendwie auf die Treppe zu kommen, können wir aus einem der oberen Fenster schauen.«

Bald hatten sie eine Möglichkeit gefunden, sich über eine Trümmerrampe zur untersten der heilgebliebenen Stufen hinaufzuhangeln. Jenseits des Lochs, das der Felsbrocken in den oberen Teil des Turmes gerissen hatte, färbte sich der Himmel dunkel. Sie mußten sich beeilen.

Vorsichtig kletterten sie die Treppe hinauf, immer in der Angst, das mürbe Gestein könnte unter ihnen zusammenbrechen. Sie gelangten zum ersten Fenster, dann zum zweiten und stiegen ohne Pause weiter nach oben. Das fünfte und letzte Fenster befand sich nur ein kleines Stück unterhalb der ehemaligen Turmplattform. Grimma beugte sich hinaus, so weit, daß Bollis sie von hinten festhalten mußte. Es gelang ihr, einen Großteil der Stadt zu überblicken. Als erstes schaute sie zurück zur Arena. Auf dem Rundgang der Außenmauer war niemand zu erkennen. Die Zurückgebliebenen mußten sich ins Innere zurückgezogen haben. Sie schaute weiter in die Runde, über die zerfallenen Ruinen hinweg. Sie versuchte den Ort auszumachen, an dem sie den Rest des Spähtrupps zurückgelassen hatten, gestand sich jedoch ein, daß sie angesichts des labyrinthischen Wirrwarrs aus

Felsen, Gassen und Geröllhalden die Orientierung verloren hatte.

Da durchlief sie ein eiskalter Schauder. Bollis' Vermutung war richtig gewesen. Rechts von ihr, weit vom Rand der Arena entfernt, stieg eine schwarze Rauchsäule zwischen den Trümmern empor.

Zwerge lebten gewiß keine mehr in dieser Gegend. Vielleicht weiter im Norden, aber bestimmt nicht in der Stadt. Ob dieses Land noch andere Bewohner hatte, wußte Grimma nicht, doch ihr Gefühl sagte ihr, daß nur Nordlinge das Feuer dort unten entzündet haben konnten. Sie konnte die Anwesenheit der feindlichen Krieger spüren wie einen schlechten Odem, der die klare Winterluft durchzog.

»Sieh selbst«, sagte sie atemlos und machte Platz, so daß auch Bollis hinausschauen konnte.

»Das sind sie«, hörte sie ihn über das Säuseln des Windes sagen. »Das müssen sie sein!«

»Was denkst du, wie weit sie entfernt sind?«

»Sieben, acht Speerwürfe, nicht weiter.«

Das entsprach ihrer eigenen Schätzung. »Wir müssen zurück zu den anderen.«

Bollis zog den Oberkörper zurück ins Innere des Turms. Eiskristalle glitzerten in seinem schwarzen Bart. »Das ist ungefähr die Richtung, aus der wir gekommen sind, nicht wahr?«

Grimma hob die Schultern. »Möglich, daß sie nicht allzu weit von unserem Lager entfernt sind.«

Bollis' Augen verrieten sein Erschrecken, doch er sagte nichts. Eilig stürmten sie die Stufen hinunter, sprangen auf die Geröllrampe, zwängten sich durch den Eingangsspalt und liefen hinaus ins Freie. Sie hielten einen Moment an, um sich erneut zu orientieren, und beide suchten mit verkniffenen Augen den Himmel ab, um über den Rändern der Ruinen die Rauchfahne wiederzufinden.

»Dort!« rief Grimma aus und deutete über die Trümmerlandschaft.

Bollis folgte ihrem Blick und nickte düster. »Ja«, preßte er hervor, »das sind sie. Ich verwette meinen Sold für ein Jahr, daß das Nordlinge sind.«

»Hoffen wir, daß du an einem Stück zurückkehrst, um noch Freude an deinem Sold zu haben«, murmelte Grimma und rannte los.

Sie benutzten denselben Weg, auf dem sie hergekommen waren. Einen Augenblick lang hoffte Grimma, daß ihre Gefährten das Feuer entzündet hatten – aber nein, Egil würde niemals gegen ihren Befehl verstoßen.

Beide hielten ihre Äxte fest umklammert. Die Kälte der Griffe schien sogar durch ihre Handschuhe zu dringen, und Grimma fragte sich, ob es nicht vielleicht ihr Herz war, das allmählich zu Eis erstarrte. Seit sie den Rauch zum erstenmal entdeckt hatten, war der frostige Schauder nicht mehr aus ihren Gliedern gewichen. Eine Mischung aus angstvoller Vorahnung und der kühlen Gewißheit, daß ein Kampf nicht mehr abzuwenden war, hatte sich ihrer bemächtigt. Sie sah Bollis starren Zügen an, daß es ihm ähnlich erging.

Sie stolperten, sprangen und kletterten vorwärts, immer weiter, so schnell sie nur konnten. Anders als auf dem Hinweg schien sich die Strecke zu dehnen wie eine Bogensehne, sie erschien Grimma jetzt länger und beschwerlicher.

»Sollten wir nicht erst die Feuerstelle auskundschaften, bevor wir zu den anderen zurückkehren?« fragte Bollis.

Grimma schüttelte im Laufen den Kopf. »Wir müssen sie warnen, dann können wir weitersehen. Ich will nicht, daß uns die Nordlinge überwältigen, ohne daß Egil weiß, wo er uns suchen muß.«

Bollis zog eine Grimasse. »Wenn uns die Nordlinge überwältigen, wird es nicht mehr nötig sein, nach uns zu suchen.«

Sie gab keine Antwort. Er hatte recht, natürlich. Was für eine dumme Hoffnung, ihre Feinde könnten sie gefangennehmen und am Leben lassen. Weshalb kam sie auf solche Gedanken? Sie war eine Kriegerin, und sie wußte, wie man mit Ehre und Anstand starb. Früher wäre es ihr nie in den Sinn gekommen, daß ein Gegner sie schlug, ohne sie zu töten; lieber wäre sie in ein offenes Schwert gelaufen, als mit solch einer Schande weiterzuleben. Was brachte sie heute dazu, anders darüber zu denken? *Wer* brachte sie dazu? Liebe Güte, dachte sie, du bist nicht mehr die alte Grimma! Warum nur hatte Styrmir so gelächelt? Und was gab es dabei für die anderen zu flüstern?

Sie verdrängte die Antwort, auch wenn es ihr von Tag zu Tag schwerer fiel. Styrmir der Bartlose! Ausgerechnet ein Berater des Königs! Einer, der kaum wußte, an welchem Ende man eine Axt hielt!

Aber es gab anderes, über das sie nachdenken mußte. Lebenswichtiges. Über Nordlinge, zum Beispiel. Und vielleicht darüber, warum es mit einemmal nach verbranntem Fleisch roch.

Bollis blieb stehen. »Riechst du das?« Sein Gesicht war

so weiß geworden wie die Schneedecke zwischen den Ruinen.

Grimma brachte nur ein ruckartiges Nicken zustande. Die Worte steckten in ihrem Hals fest, einige Herzschläge lang bekam sie vor Entsetzen kaum Luft.

Sie liefen weiter, noch schneller als zuvor. Das Feuer war nicht mehr weit entfernt, sie konnten schon sehen, wie sein gelbroter Schein über Hauswände flackerte. Sie hörten Stimmen, Gelächter, die Laute eines Festes. Oder einer Siegesfeier.

Die Stimmen erklangen in einer Sprache, die ihnen fremd war.

Grimma und Bollis ahnten, was sie erwarten würde, als sie um die letzte Felskante traten. Und doch überstieg der Anblick bei weitem das Maß dessen, was sie verkraften konnten. Grimma prallte zurück, als wäre sie gegen eine unsichtbare Mauer gelaufen, während Bollis wie angewurzelt stehenblieb.

Keiner ihrer sechs Gefährten war mehr am Leben. Die Feinde hatten ihre Leichen achtlos übereinander geworfen, mit brennbaren Ölen übergossen und angezündet. Die reglosen Körper brannten lichterloh. Die Flammen schlugen zu hoch, als daß Grimma Gesichter in ihnen hätte erkennen können; sie dankte den Göttern für diese Gnade. Irgendwo in diesem Inferno lagen Egil und Gellir, zwei ihrer ältesten und engsten Freunde. Die Axt schien in Grimmas Händen zu erglühen, als käme sie gerade erst aus dem Schmiedefeuer. Der messerscharfe Stahl wog leichter als je zuvor, eine unmißverständliche Aufforderung, ihn zu benutzen.

Das Dutzend Nordlinge, das rund um den Scheiterhaufen stand und seine Waffen im Schnee reinigte, hatte die beiden Neuankömmlinge noch nicht bemerkt. Die Krieger trugen Helme und Rüstzeug aus Stahl, darunter warme Fellkleidung. Einer, offenbar der Anführer, hatte ein mächtiges Geweih hinter seinen Schultern befestigt. Die verzweigten Enden standen ab wie ein Paar erstarrter Schwingen. Es ähnelte dem eines Hirsches, wirkte jedoch breiter, schwerer und weniger feingliedrig. Von welchem Tier es stammte, wußte Grimma nicht zu sagen; gewiß von keinem, das in den Ländern rund um den Hohlen Berg anzutreffen war. Das Schwert des Anführers steckte in einer ledernen Scheide, und in seinen Händen hielt er einen langen Stab, auf dessen Spitze der Knochenschädel eines Wolfes thronte; aus Augen und Maul baumelten getrocknete Tiersehnen, an deren Ende menschliche Fingerknochen befestigt waren. Bei jeder Bewegung des Nordlings schlugen sie gegeneinander wie ein Windglokkenspiel.

Grimma zog Bollis zurück in den Schatten eines Felsbrockens. Dort starrte sie ihm fest in die Augen und sah das haßerfüllte Glühen darin.

»Wir töten sie!« stieß er leise hervor. »Wir töten sie alle!«

»Sei kein Narr«, gab sie zischend zurück. »Wir werden genauso enden wie die anderen.«

Einen Augenblick lang befürchtete Grimma, Bollis' Haß könnte sich gegen sie richten. »Du willst Egil und Gellir nicht rächen?« fragte er lauernd.

»Bollis, verdammt!« Sie packte ihn hart an der Schulter. »Natürlich will ich das. Aber wir müssen die anderen am Tunnel warnen. Oder willst du auch sie noch verlieren?«

»Was scheren mich die anderen? Meine Freunde verbrennen dort drüben. Kannst du sie riechen? Riechst du, wie Egil und Gellir brennen?« Seine Stimme drohte sich zu überschlagen. Panik lauerte hinter der Fassade seines Zorns.

»Das Leben der anderen ist wichtiger als unser Haß auf die Nordlinge!«

»Das Leben *eines* anderen! Das meinst du doch, nicht wahr?« Er streifte ihre Hand ab, sein Gesicht war verzerrt. »Geh'du nur zu Styrmir und dem Rest, wenn du willst! Ich bleibe und räche meine Freunde.«

»Das ist Wahnsinn, und das weißt du!« Auf seine Bemerkung über Styrmir ging sie nicht ein. Es war sein Zorn, der ihm die Worte diktierte, nicht sein Verstand.

»Was für eine Kriegerin ist nur aus dir geworden?« Bollis packte seine Axt mit beiden Händen und hob sie wie eine heilige Reliquie vor seine Brust. »Du warst immer eine von uns, Grimma. Früher hättest du dein Leben für jeden deiner Freunde gegeben – oder für sein Andenken. Und jetzt?« Er schüttelte in bitterer Enttäuschung den Kopf. »Vielleicht bist du doch bloß –«

»Eine Frau wie jede andere?« fuhr sie ihn an, und ihre Stimme war so scharf, daß Grimma vor sich selbst erschrak. Nur mit Mühe hielt sie ihre Wut im Zaum. »Hör mir gut zu, Bollis Erzgräber! Wenn es Blindheit und Dummheit sind, die unsere Geschlechter unterscheiden, dann, glaube mir, bin ich froh, eine Frau zu sein. Was du vorhast, ist dein sicherer Tod, und er wird so schnell kommen, daß es dir nicht mal gelingt, auch nur einen einzigen Nordling mitzunehmen. Das dort draußen sind zwölf von ihnen! Zu zweit hätten wir kaum eine Aussicht, auch nur einen oder zwei von ihnen zu erschlagen. Aber zwölf? Bei den Göttern, Bollis, komm zu dir!«

Er hielt ihrem Blick weiterhin stand, aber sie sah, daß es hinter seiner Stirn arbeitete. Ein Teil seiner alten Vernunft hatte die Oberhand gewonnen, als er schließlich sagte: »Vielleicht hast du recht. Vielleicht –«

Die Entscheidung wurde ihnen abgenommen.

Ein Nordling bog um die Kante des Felsbrockens. Ehe sie sich versahen, stand er neben ihnen, riß sein Schwert aus der Scheide und ließ es in hohem Bogen auf Grimma herabrasen. Bollis schrie auf und gab Grimma einen Stoß, der sie zur Seite und aus der Reichweite des Angreifers taumeln ließ. Er parierte den Hieb mit der Axt. Der Nordling rief etwas in seiner Sprache, und innerhalb weniger Atemzüge stürmten drei weitere Krieger herbei.

Grimma sah, wie Bollis seine Axt in einem tödlichen Halbkreis herumsausen ließ, um sie in die Hüfte des ersten Nordlings zu schlagen. Bollis war ein flinker und geschickter Krieger, doch Zorn dämpfte seine Sinne, und die plumpe Attacke hätte niemals Erfolg gehabt, wären die drei Neuankömmlinge nicht schlagartig stehengeblieben und in übermütiges Gelächter ausgebrochen; offenbar zweifelten sie nicht, daß ihr Gefährte mit den beiden Zwergen allein fertigwerden würde. Spottend warteten sie auf den Ausgang des Kampfes. Den einzelnen Nordling aber irritierte das Zögern der anderen so sehr, daß er einen Moment lang unaufmerksam wurde. Bollis' Axt grub sich tief in den Hüftknochen des Kriegers. Kreischend brach der Mann zusammen, sein Helm rollte ihm vom Kopf, und keinen Atemzug später hieb Grimmas Axt ihm den Schädel entzwei.

Mehrere Herzschläge lang schien die Zeit stehenzubleiben. Die drei Nordlinge erstarrten, ihr Lachen und Grölen verhallte. Grimma riß ihre Waffe in einem Halbmond aus Blut aus der Wunde und stellte sich breitbeinig an Bollis' Seite, den feindlichen Kriegern entgegen.

Jetzt winkte einer der drei seinen Kameraden am Feuer zu. Lautes Gebrüll ertönte, als der Anführer Befehle gab.

Bollis kam endlich zur Vernunft.

»Komm, weg hier!« rief er Grimma zu, und noch bevor er zu Ende gesprochen hatte, warfen sie sich bereits herum und rannten davon, fort aus dem Dunstkreis des Leichenfeuers, fort aus der Reichweite der Nordlingschwerter.

Grimma übernahm die Führung, und obwohl ihr Instinkt sie trieb, den Weg zur Arena einzuschlagen, riet ihr Verstand ihr, in eine andere Richtung zu laufen. Sie durften die Feinde nicht zu den anderen führen. Styrmir und den übrigen neun Zwergen konnte vielleicht die Flucht aus der Stadt gelingen, zurück in den Tunnel, heimwärts nach Süden zum Hohlen Berg. Aber was würden sie Thorhâl sagen? Styrmir und die anderen wußten nicht, was aus Grimma und dem Rest des Spähtrupps geworden war. Würden sie dem König empfehlen, mit seinem ganzen Volk den Berg zu verlassen und über die alte Zwergenstraße ins Nordland zu ziehen? Nein, gewiß nicht. Vielmehr befürchtete sie, daß Styrmir oder einige der anderen Zwergenkrieger gegen ihren Befehl verstoßen und einen zweiten Trupp aufstellen würden, um die Verschollenen zu suchen. Allerdings, und das war Grimmas größte Hoffnung, würden sie dergleichen nicht vor dem Morgengrauen tun; das bedeutete, daß ihr noch die ganze Nacht blieb, um die anderen zu warnen. Wenn sie nur schnell genug vor den Nordlingen fliehen konnten!

Sie nahmen den Weg zurück zum Turm, die einzige Strecke in der Stadt, die ihnen mittlerweile vertraut war. Zumindest drohte ihnen hier nicht die Gefahr, sich überraschend in einer Sackgasse oder Falle wiederzufinden. Sie rutschten und schlitterten auf der vereisten Schneedecke, setzten über Geröll und Mauerreste hinweg, ohne ein einziges Mal nach hinten zu blicken. Die Nordlinge waren keineswegs so behäbig und träge, wie ihre Größe sie erscheinen ließ, und sie hatten die längeren und kräftigeren Beine. Auf Dauer würden Grimma und Bollis nicht vor ihnen davonlaufen können.

Die beiden Zwerge erreichten den Turm und erwogen, sich im Inneren zu verschanzen. Grimma drehte sich um und erwartete, eine ganze Horde von Nordlingen zu sehen, die nur noch wenige Schritte von ihnen entfernt waren.

Doch der Einschnitt zwischen den Trümmern, durch den sie und Bollis gekommen waren, blieb leer. Niemand verfolgte sie.

»Vielleicht beobachten sie uns«, meinte Bollis verwundert. »Sicher warten sie ab, wohin wir gehen.«

Grimma nickte und kämpfte gegen ihre Erleichterung an. Erleichterung war ein nutzloses Gefühl. Es half niemandem, schwächte nur die Aufmerksamkeit. Und möglicherweise war es gerade das, was die Nordlinge wollten.

»Laß uns hineingehen«, sagte sie und deutete mit der Axt auf den Spalt, der ins Innere des Turmes führte.

»Vielleicht können wir an einem der Fenster ein Feuer entzünden, um die anderen zu warnen.«

»Feuer entzünden?« fragte Bollis, ohne seinen wachsamen Blick von der Umgebung des Turmes zu nehmen. »Womit denn?«

Grimma zeigte auf den Beutel an ihrem Gürtel. »Alles dabei.«

Zum ersten Mal löste sich die Anspannung auf Bollis' Gesicht. »Das, was ich vorhin sagen wollte, tut mir leid.«

»Du hast es ja nicht gesagt.«

»Ich bitte dich trotzdem um Verzeihung.«

Grimma schenkte ihm ein Lächeln. »Ich werde dich dafür zum Zweikampf fordern, wenn wir wieder daheim im Hohlen Berg sind.«

»Klingt gut.« Und auch Bollis verzog die Mundwinkel.

Nach einem letzten Blick in die Schatten der Ruinen und Felsen drückten sie sich durch den Eingangsspalt ins Innere. Drinnen war es noch dunkler als im Freien, der winzige Himmelsausschnitt hoch über ihnen hatte sich nahezu schwarz gefärbt.

Grimma schaute sich angestrengt um. »Siehst du hier irgend etwas Brennbares?«

Bollis scharrte mit seinem Stiefel im Geröll. »Nichts«, meinte er enttäuscht.

Nach kurzem Zögern streifte Grimma ihren Überwurf ab und zog die Weste aus, die sie darunter trug. Sie wickelte sie um die Doppelschneide ihrer Axt, warf sich das Fell wieder um die Schultern und stapfte mit der Waffe in der Hand die Halde hinauf zur Treppe. »Paß du hier unten auf«, wies sie Bollis an. »Es gibt nur den einen Eingang. Wenn sie kommen, müssen sie an dir vorbei. Egal, was geschieht, du mußt sie aufhalten, bis ich das Feuer am Fenster entzündet habe.«

Bollis bezog Stellung vor dem Spalt und starrte hinaus in die Finsternis. Die Nacht hatte sich endgültig auf das Nordland herabgesenkt. Er würde die Gegner erst sehen können, wenn sie direkt vor ihm standen.

Grimma wünschte ihm im stillen viel Glück, dann lief sie die steinerne Treppe hinauf. Erst am oberen Fenster machte sie halt, zog zwei Feuersteine aus ihrem Bündel und schlug sie so lange gegeneinander, bis ihre Hände schmerzten und die ersten Funken auf den Stoff der Weste übersprangen. Sie schirmte die winzige Flamme gegen den Durchzug im Turm ab, trotzdem erlosch sie schon nach wenigen Augenblicken. Grimma blickte verzweifelt nach unten. Bollis war immer noch auf seinem Posten. Keine Anzeichen für einen Angriff. Sie versuchte es erneut, und diesmal brannte die Flamme heiß genug; der Luftzug konnte ihr nichts mehr anhaben. Bald schon loderte der Stoff der Weste lichterloh. Grimma beugte sich aus dem Fenster und schwenkte die brennende Axt wie eine Fackel hin und her. Die Zwerge in der Arena würden Wächter aufgestellt haben. In der Dunkelheit mußten sie das Feuer unterhalb der Turmspitze auf jeden Fall bemerken. Hoffentlich würden sie die richtigen Schlüsse ziehen.

»Wie sieht es unten aus?« rief sie über die Schulter ins Innere des Turms.

»Keine Spur von ihnen«, klang es gedämpft zurück.

Grimma fragte sich, ob irgendwo in der Nacht gerade

eine Pfeilspitze auf sie gerichtet wurde. Mit der lodernden Axt in der Hand gab sie ein Ziel ab, das nicht einmal ein Kind verfehlen konnte. Der Gedanke beunruhigte sie zutiefst, und das Eingeständnis ihrer Hilflosigkeit machte alles nur noch schlimmer. Trotzdem winkte sie weiter. Schon lösten sich die ersten brennenden Fetzen der Weste von der Axtschneide und verschwanden mit sanftem Schaukeln in der Tiefe. Grimma blickte ihnen gedankenverloren nach, bis sie am Boden erloschen.

Die Arena war in der Dunkelheit nur als formloser schwarzer Umriß auszumachen, der sich schwach vom dunkelgrauen Nachthimmel abhob. Regte sich auf ihrem Rand etwas, oder war das nur eine Täuschung? Grimma blickte angestrengt hinüber, bis ihre Augen tränten. Sie war jetzt ziemlich sicher, daß sich in der Finsternis etwas bewegte.

Plötzlich glomm über dem Rand der Arenamauer ein Funke auf, ein winziges Glühen, das rasch heller wurde.

Liebe Güte, durchfuhr es Grimma, was machten diese Hornochsen denn? Hatten sie ihr Zeichen etwa als Aufforderung verstanden, gleichfalls ein Feuer zu entzünden?

Jetzt gab es keinen Zweifel mehr: Dort oben loderte eine Flamme. Spätestens jetzt mußte auch der letzte Nordling begreifen, daß sich in der Arena jemand aufhielt. Jemand, der dort nichts zu suchen hatte.

Und in diesem Augenblick, mit der Kraft und Plötzlichkeit eines Schwerthiebes aus dem Hinterhalt, begriff Grimma ihren Fehler. Zorn, Verzweiflung und Haß formten in ihrer Kehle einen stummen Schrei.

Das Feuer auf der Arenamauer loderte höher.

Es war kein Signal.

Grimma warf sich herum, schlug die Axt mit der Breitseite gegen die Wand, bis auch die letzten Flammen erloschen, und stürmte die Stufen hinunter, zur Tür und zu Bollis. Der Zwergenkrieger schaute ihr alarmiert entgegen.

»Was –« begann er, doch Grimma unterbrach ihn.

»Was waren wir für Narren!« Konnte er die Tränen der Wut in ihren Augen sehen? Sie blinzelte und drängte an ihm vorbei zum Ausgang. «*Deshalb* haben sie uns nicht verfolgt!«

»Ich verstehe nicht«, stammelte er bleich.

Grimma fuhr zu ihm herum. »Sie wußten, daß es nur einen Weg geben konnte, auf dem wir in die Stadt gelangt sein konnten. Die Arena, verdammt! Sie haben es im selben Moment begriffen, da sie auf Egil und die anderen stießen. Statt uns, die wir nur zu zweit sind, zu jagen, sind sie geradewegs zur Arena marschiert – wer weiß, wie viele von ihnen.«

»Willst du damit sagen –«

»Jemand hat ein Feuer oben auf der Mauer entzündet. Ich glaube nicht, daß unsere Leute das waren.«

Bollis schrie auf, voller Zorn und Qual, und hieb seine Axt so heftig in den Boden, daß nur noch das Heft hervorschaute. »Das darf nicht sein!« brüllte er. »Nicht auch noch sie!«

»Komm!« sagte Grimma und rang vergeblich um ihre Fassung. »Machen wir uns auf den Weg.«

Sie waren kaum ins Freie getreten, als Bollis einen warnenden Ruf ausstieß. Beide nahmen ihre Kampfstellung ein, als vor ihnen die Finsternis in Bewegung geriet.

»Bevor sie mich verbrennen wie die anderen, will ich mindestens drei von ihnen zur Hölle schicken!« zischte Bollis mit finsterer Entschlossenheit.

»Und drei für mich«, gab Grimma zurück.

Aber es war kein Nordling, der vor ihnen aus dem Dunkel trat. Es war Styrmir.

Grimma ließ ihre Waffe sinken. »Du?« entfuhr es ihr.

Styrmir nickte und kam eilig näher. »Hast du wirklich geglaubt, du könntest mich einfach zurücklassen?«

Bollis' Miene änderte sich nicht. Er starrte den Berater an, als sei er der Anführer der Nordlinge persönlich. »Ist es immer deine Art, gegen Befehle zu verstoßen?«

»Ich bin kein Krieger«, gab Styrmir zurück, »und unterstehe keinem Befehl außer dem des Königs. Außerdem hätte ich in der Arena ohnehin niemandem nutzen können. Und um Nutzen geht es doch, Grimma, das hast du mir doch unmißverständlich klargemacht, nicht wahr?« Ein Lächeln stahl sich auf seine Züge.

Grimma wollte etwas erwidern, doch Bollis kam ihr zuvor: »Der Feigling ist vor ihnen davongelaufen. War es nicht so, Königsberater? Du hast sie kommen sehen und hast dich aus dem Staub gemacht, so schnell dich deine Beine trugen.«

Styrmirs Blick verriet ehrliche Verwirrung. »Wen meinst du mit ›sie‹?«

»Nordlinge«, sagte Grimma hart. Und an Bollis gewandt fuhr sie fort: »So schnell hätte er nicht hier sein können. Er muß die Arena lange vor dem Angriff verlassen haben.«

»Von was für einem Angriff sprecht ihr?« Styrmir wurde immer ungeduldiger; er war merklich blaß geworden. Der Mond brach durch die Wolken, und seine Strahlen entzogen dem Gesicht des Beraters auch den letzten Rest von Farbe.

»Wenn es wahr ist, was wir befürchten, ist in der Arena kein Zwerg mehr am Leben«, erwiderte Grimma und wünschte sich, ihre Stimme würde nicht so schwanken.

»Aber als ich fortging, waren noch alle –«

»Lebendig, ja«, sagte Bollis kalt. »Und jetzt sind sie tot. Wie Egil und Gellir und all die anderen.«

»Wollt ihr damit sagen, ihr seid die letzten?« fragte Styrmir leise. Er klang betroffen, aber nicht halb so ängstlich, wie Grimma erwartet hatte.

»Wir drei sind die einzigen Überlebenden«, bestätigte sie. »Zumindest nehmen wir das an. Wir müssen zurück zur Arena, um Gewißheit zu haben. Hast du irgend etwas, um dich zu verteidigen?«

Styrmir deutete auf eine Axt in seinem Gürtel. Bei den Göttern, dachte Grimma, er streift mitten in der Nacht durch die Ruinen und hält seine Waffe nicht einmal kampfbereit in der Hand! Sie schüttelte stumm den Kopf und sagte: »Du solltest dich daran gewöhnen, sie zu benutzen, Styrmir. In dieser Nacht wird sich deine Axt mit mehr als nur einem Nordlingschwert kreuzen.«

»Wenn ihn das erste nicht gleich einen Kopf kürzer macht«, bemerkte Bollis verächtlich.

»Nicht Styrmir ist dein Feind, Bollis!« fuhr Grimma ihren Kampfgefährten an. »Ihr werdet Seite an Seite kämpfen, wenn es sein muß, und jeder von euch wird für den anderen sterben, falls es nötig ist. Habt ihr beiden das verstanden?«

Bollis nickte zackig, befehlsgewohnt, wie er es während seiner Ausbildung zum Krieger gelernt hatte. Styrmir trat auf ihn zu und reichte ihm zur Versöhnung die Hand. Bollis ergriff sie, doch Grimma bezweifelte, daß es ihm ernst war mit dieser Geste. Bollis hatte einen unverbesserlichen Dickschädel, und daran würde sich nichts ändern, bis ihn eines Tages eine Klinge von seinen Schultern schlug.

»Gehen wir«, wies Grimma die beiden an, und sogleich liefen sie los, durch nachtdunkle Gassen, aus denen schon vor Jahrhunderten alles Leben gewichen war.

Das frühere Zwergenreich war zu einem Ort des Todes geworden, und daran vermochte auch die Anwesenheit der Nordlinge nichts zu ändern. Die Spuren der Zerstörung von damals waren wie ein Echo der Verzweiflung, die die einstigen Bewohner beim Hereinbrechen der Katastrophe verspürt haben mußten. Grimma fragte sich, ob im Hohlen Berg eine ähnliche Atmosphäre herrschen würde, wenn Thorhâl erst sein Volk von dort fortgeführt hatte. Der Gedanke schmerzte sie. Sie liebte den Berg, seine kühlen Stollen und Hallen, er war ihre Heimat. Sie war dort geboren, hatte dort ihr ganzes Leben verbracht. Ihn zurückzulassen, leer und tot, kam ihr vor wie ein Verrat am Erbe ihrer Ahnen, aber auch am Hohlen Berg selbst. Stein war etwas Lebendiges, niemand wußte das besser als das Volk der Zwerge, und ihn achtlos dem Verfall kommender Jahrhunderte anheimzugeben schien Grimma grausam und falsch. Immer mehr verfestigte sich in ihr die Überzeugung, daß sie den König um jeden Preis von seinem Plan abbringen mußte, nicht allein, weil hier im Nordland Krieg und Verderben auf das Zwergenvolk warteten.

Sie näherten sich der Arena von einer Seite, die der Spähtrupp bislang noch nicht erforscht hatte. Es war gefährlich, sich in ihrer verzweifelten Lage auf unbekanntes Gebiet zu wagen, doch dies schien der schnellste Weg zu sein. Sie konnten die Flammen auf der Ummauerung der Arena jetzt deutlich erkennen, ein Leuchtfeuer, das ihnen den Weg wies, ein Symbol ihres Scheiterns. Grimma fragte sich, ob der Anführer der Nordlinge es für nötig gehalten hatte, Wachen rund um das Amphitheater zu postieren. Oder würde er warten, bis die drei Zwerge von sich aus die Arena betraten und sich damit selbst in die Falle manövrierten?

Sie hatten längst keine andere Wahl mehr. Sie mußten zurück zum Hohlen Berg, koste es, was es wolle, und der einzige bekannte Zugang zur alten Zwergenstraße lag am Grunde der Arena. Selbst wenn der Nordlingführer hundert seiner Männer dorthin beordert hatte, würden sie sich durch ihre Reihen hindurchkämpfen müssen.

Sie erreichten den Fuß der hohen Arenamauer ohne Hindernisse. Den Weg durch die Trümmer wertete Grimma kaum mehr als ernstzunehmende Schwierigkeit. In der Erwartung dessen, was ihnen bevorstand, verblaßte alles andere, so wie auch die Welt um sie herum an Dichte und Bedrohlichkeit zu verlieren schien. Sie kam sich vor wie in einem Tunnel, an dessen Ende ein einziges Ziel auf sie wartete: der Kampf mit den Nordlingen. Alles, was auf dem Weg dorthin lag, war ohne Bedeutung.

Eine Stimme meldete sich in Grimmas Inneren: Und Styrmir? fragte sie. Was ist mit ihm? Er ist kein Kämpfer, und mit der Axt ist er ebenso wehrlos wie ohne sie. Du wirst auf ihn achtgeben müssen.

Die Außenwand der Arena wurde in weiten Abständen von Torbögen durchbrochen. Die meisten lagen verborgen hinter Trümmerbergen, andere wurden von innen durch herabgestürzte Teile der Ränge versperrt. Trotzdem gelang es den dreien, ein Tor ausfindig zu machen, das zumindest von außen den Eindruck erweckte, Zugang zu den Räumen und Gängen unterhalb der Tribünen zu gestatten. Von dort aus mochte es ihnen gelingen, ins Herz der Arena vorzudringen, ohne dabei auf eine Armee von Nordlingen zu stoßen. Aber natürlich gab Grimma sich keiner falschen Illusion hin: Sie würden ihren Gegnern noch früh genug begegnen.

Nachdem sie durch den Torbogen getreten waren, versank die Umgebung endgültig in einem Meer aus Schwärze. Grimma hatte immer noch ihre Feuersteine dabei, und sie fürchtete, es würde ihr bald nichts anderes übrigbleiben, als sie zu benutzen. Blind würden sie nirgendwohin gelangen, und die Annahme, daß in der Dunkelheit zumindest keine Nordlinge auf sie lauern würden, war ein schwacher Trost. Sie mußten sich beeilen. Der Nordlingführer würde ungeduldig werden. Das Risiko, daß er noch weitere Krieger herbeibeorderte, war zu groß.

Eine vage Hoffnung glomm in Grimmas düsteren Gedanken auf: Was, wenn es gar keine weiteren Nordlinge gab, sondern nur das Dutzend, das sie gesehen hatten? Würde sich ein solcher Trupp nicht weit verteilen müssen, um eine Anlage wie diese abzusichern? Mit einzelnen Nordlingen konnten sie zu dritt fertig werden, vielleicht auch mit einer Zweiergruppe. Grimma schöpfte aus dieser Vorstellung neuen Mut. Trotzdem wagte sie nicht, ihre Hoffnung den anderen gegenüber zu erwähnen, aus der absurden Furcht heraus, Bollis und Styrmir könnten sie widerlegen. Grimma wollte daran glauben, wollte sich zumindest diese winzige Aussicht auf Erfolg gönnen.

Im harschen Gegensatz dazu stand die undurchdringliche Finsternis, die sie wie Vorhänge umgab und schwer auf ihre Gemüter drückte. Die Vorstellung, daß irgendwo über ihnen die Leichen ihrer Gefährten verbrannten, bereitete Grimma Übelkeit, und sie spürte, vielleicht zum erstenmal seit ihren frühen Jahren als Kriegerin, daß ihre Knie weniger standfest waren als sonst. Sie hatte Angst, und sie war ehrlich genug, sie sich einzugestehen.

»Wir brauchen Licht«, flüsterte Bollis, nachdem sie etwa dreißig Schritte durch die Finsternis gegangen waren, immer geradeaus und ohne auf Mauern oder – den Göttern sei Dank! – auf Gruben im Boden zu stoßen. Auch hier war alles vereist, doch zumindest lag, von den Verwehungen am Eingang abgesehen, kein Schnee, was das Gehen weniger anstrengend machte. Die Schwärze machte ihnen trotz des angeborenen Zwergentalents, im Dunkeln sehen zu können, ungemein zu schaffen; die Lichtlosigkeit eines Bergwerkstollens oder einer Höhle hätte ihnen keine Schwierigkeiten bereitet, doch dies war ein gemauertes Gebäude, und aus Gründen, die nur die Götter kannten, war die Finsternis in einem künstlichen Bauwerk eine andere als jene in natürlichem Fels – zumindest für die empfindlichen Auge der Zwerge. Grimma wunderte sich, daß ihre Vorfahren überhaupt auf so menschliche Gewohnheiten wie das Aufeinandermauern gehauener Steine zurückgegriffen hatten, wo sie doch ebensogut Hohlräume ins Gebirge hätten schlagen können, so wie sie es später im Hohlen Berg getan hatten.

»Ich glaube, da vorne wird es heller«, sagte Styrmir.

Ein Augenblick verging, dann entgegnete Bollis: »Unsinn! Da ist nichts.«

»Doch«, sagte Styrmir beharrlich. »Bleib stehen und schau geradeaus. Deine Augen müssen sich erst daran gewöhnen.«

Grimma wußte nicht, ob Bollis Styrmirs Anweisungen folgte; sie selbst jedenfalls tat es. Und, tatsächlich, da war etwas. Ein leichter Schimmer nur, eine Öffnung, durch die eine mondbeschienene Steinfläche zu erkennen war. Entweder waren dort einige der Ränge eingestürzt, oder aber sie hatten den Ausgang zum Innenhof der Arena erreicht.

»Jetzt kann ich es sehen«, sagte auch Bollis.

»Ruhe!« wies Grimma die beiden im Flüsterton an. »Falls das dort vorn wirklich ein Ausgang ist, werden Nordlinge in der Nähe sein.«

Sie wagten nicht, das letzte Stück durch die Finsternis schneller zu bestreiten als die bisherige Strecke, obgleich die fahle Helligkeit sie lockte. Noch aber konnten sie nicht einmal sehen, wohin sie ihre Füße setzten. Ausgerechnet jetzt durch eine eingebrochene Kellerdecke zu stürzen hätte das sichere Ende ihrer Mission bedeutet.

Sie erreichten die Öffnung voller Ungeduld, aber auch in der unheilvollen Erwartung eines Angriffs aus dem Hinterhalt. Der gemauerte Torbogen war kleiner als jener auf der Stadtseite, und er führte zu ihrer Enttäuschung nicht ins Herz der Arena, sondern auf einen breiten Weg, der sich im unteren Drittel der Zuschauerränge rund um die ganze Anlage schlängelte. Der Boden der Arena lag mindestens zwanzig Schritte tiefer. Grimma versuchte, einen Blick nach oben zur Ummauerung zu werfen, doch der Winkel war ungünstig, und sie konnte nicht einmal erkennen, ob das Feuer noch brannte. Wohl hing der Geruch von Rauch in der Luft, und von oben erklangen ferne Stimmen und das metallische Scharren der Rüstungen.

Vorsichtig schauten sie sich um, die Waffen kampfbereit. In unmittelbarer Nähe schienen sich keine Nordlinge aufzuhalten. Der Zugang zum Tunnel, ein kreisrunder Krater in der Mitte des Arenabodens, war nur als schwarze Fläche zu erkennen. Ob sich dort unten Wächter befanden, war nicht zu sehen, doch Grimma hatte keine Zweifel daran.

»Sieht aus«, raunte sie den anderen zu, »als müßten wir das letzte Stück des Weges im Freien zurücklegen.«

»Alles ist besser als diese Dunkelheit«, meinte Bollis mürrisch. Wie Grimma und Styrmir hatte auch er nie zuvor einen solchen Mangel an Licht erlebt – schließlich waren sie alle im Hohlen Berg aufgewachsen, in dem es keine absolute Dunkelheit gab –, und er war bereit, es lieber mit den Nordlingen aufzunehmen, als sich noch einmal zurück ins Innere der Anlage zu wagen.

Vorsichtig pirschten sie im Schatten gewaltiger Dekkentrümmer von Rang zu Rang, langsam und nahezu geräuschlos, bis sie die untere Sitzreihe erreichten. Von hier aus fiel eine Mauer fünf Schritte tief ins Innere der Arena ab; früher hatte es hier ein Geländer gegeben, doch davon kündeten heute nur noch leere Verankerungen im Gestein. Wahrscheinlich hatten die Nordlinge das Metall eingeschmolzen, um daraus Schwerter zu schmieden.

»Wie sollen wir da runterkommen?« fragte Bollis.

»Springen«, entgegnete Styrmir knapp. »Oder siehst du eine andere Möglichkeit?«

Grimma runzelte die Stirn. »Wir werden uns alle Knochen brechen.«

Styrmir rümpfte höhnisch die Nase, warf seine Axt über die Brüstung, und ehe einer der anderen ihn aufhalten konnte, schwang er sich todesmutig in die Tiefe. Mit einem Stöhnen und einem dumpfen Laut kam er am Boden auf. Grimma schaute besorgt hinterher, sah aber, daß er sich bereits wieder aufrappelte.

»Er ist verrückt«, zischte Bollis.

»Ja«, sagte Grimma, und ihre Stimme war voller Anerkennung. »Genauso verrückt, wie man wohl sein muß, wenn man lebend hier herauskommen will.«

Und damit ließ sie ihre Waffe in die Tiefe fallen, setzte sich auf die Kante und stieß sich mit beiden Händen ab. Vom Fall selbst spürte sie nichts, konnte sich im nachhinein nicht einmal wirklich daran erinnern. Alles, was sie fühlte, war der Schmerz in ihren Beinen und, als sie sich abrollte, ein Knirschen in ihrem Rücken. Styrmir war sofort bei ihr und begann, sie abzutasten. Sie aber schob seine Hände eilig von sich und knurrte, alles sei in Ordnung. Sie kam schwankend auf die Knie, und diesmal war sie froh, daß Styrmir sie packte, denn sonst wären ihre Beine wohl unter ihr eingeknickt. Ihr war schwindelig, doch einen Moment später stand sie leidlich sicher auf beiden Füßen und hob ihre Axt vom Boden.

Bollis zögerte noch immer, und obwohl er einer der tapfersten Kämpfer war, die Grimma je getroffen hatte, tat er sich mit dem Sprung sichtlich schwer. Schließlich aber schloß er die Augen, verlor erst im Fall die Axt und kam unglücklich mit dem rechten Knie auf. Er keuchte vor Schmerz und humpelte leicht, als er sich wortlos aufmachte, seine Waffe zu suchen.

»Geht's?« fragte Styrmir sorgenvoll, doch Bollis murmelte nur etwas Unverständliches, fand seine Axt und gesellte sich ohne einen weiteren Ton zu Grimma.

Von hier aus waren es noch rund dreißig Mannslängen bis zum Rand des Lochs. Der Mond tauchte die freie Fläche in dumpfes Grau. Würden die drei sie jetzt überqueren, waren sie von jedem Punkt der Arena aus deutlich zu sehen. Sie mußten warten, bis der Mond hinter einer Wolke verschwand. Vorausgesetzt, soviel Zeit blieb ihnen noch und ihr Sprung in die Tiefe war nicht bemerkt worden.

Grimma wagte sich einige Schritte weit aus dem Schatten der Mauer und blickte nach oben. Sie konnte das Feuer auf dem Rundweg jetzt deutlich erkennen, sah auch, daß sich mehrere Silhouetten davon abhoben.

»Komm zurück!« wisperte Styrmir ihr aus dem Schatten zu. »Sie können dich sehen.«

Grimma löste sich vom Anblick der Flammen und trat zu ihren beiden Gefährten ins Dunkel. Bollis starrte ungeduldig zum Mond empor. »Gleich ist es soweit«, raunte er ihnen zu.

Er behielt recht. Wenig später verschwand die Mondsichel hinter einer dunklen Wolkenmasse, und der Schein, der die Arena mit fahlem Dämmerlicht erfüllt hatte, erlosch.

Hastig liefen sie los. Grimma sah mit einigem Unbehagen, daß Bollis ein Bein nachzog. Kein Wort der Beschwerde oder des Jammers kam über seine verkniffenen Lippen. In diesem Augenblick galt ihm Grimmas uneingeschränkte Bewunderung, aber auch ihre Besorgnis. Sie sandte ein Stoßgebet zu den Göttern, daß sie ihn nicht im Stich lassen würden.

Styrmir dagegen lief flink, ohne sich aber allzu weit von dem verletzten Gefährten zu entfernen. Er würde sofort zur Stelle sein, falls Bollis stolpern oder gar zusammenbrechen sollte. Zumindest von seiner Seite aus schien ihr Streit beigelegt zu sein. Grimma beobachtete ihn verstohlen und dachte, daß es schade wäre, wenn sie gerade jetzt sterben müßten; schade, weil es das eine oder andere gab, das sie Styrmir gerne noch gesagt hätte. Daß sie seine Tätowierung am Kinn albern fand, zum Beispiel, aber auch ein, zwei freundlichere Dinge. Doch sie war nie besonders gut in diesen Dingen gewesen, und vielleicht war es ja gegen den Willen der Götter, daß sie eine weitere Möglichkeit bekam, sich darin zu üben.

Die runde Öffnung im Boden der Arena, über zehn Schritte im Durchmesser, war in der Dunkelheit kaum mehr als solche zu erkennen. Ebensogut hätte es sich um eine schwarze Rauchwolke oder eine Wasserfläche handeln können. Falls dort wirklich Feinde auf sie warteten, liefen Grimma und die beiden anderen ihnen blind vor die Klingen. Ihr einziger Vorteil war, daß die Nordlinge in der Finsternis noch weniger sehen konnten als sie selbst; soviel immerhin hatten sie während des Krieges im Hohlen Berg herausgefunden.

Sie erreichten den Rand der Öffnung schneller, als sie erwartet hatten. Im gleichen Moment ertönte von den Rängen der Arena ein schriller Alarmruf. Als Grimma aufblickte, erkannte sie eine Gruppe von drei Nordlingen, die dort standen, wo sie, Styrmir und Bollis eben herabgesprungen waren. Die drei Männer hatten ihre Spuren im Schnee entdeckt.

Der Zugang zur Zwergenstraße war augenscheinlich verlassen. Eine steile Rampe führte in die Tiefe. Die Zwerge wollten sie gerade hinablaufen, als von unten das Scharren zahlreicher Füße an ihre Ohren drang.

»Sie haben auf uns gewartet!« preßte Bollis hervor. »Nicht hier draußen, sondern im Tunnel!«

»Dann soll es eben so sein«, gab Grimma verbissen zurück. »Wir können nichts mehr daran ändern.«

Und schon war der erste Feind heran. In der Finsternis war er nicht mehr als ein schwarzer Umriß, breit, kräftig und mit einem schweren Streitkolben bewaffnet. Die Waffe sauste auf Styrmir zu, der sich plump nach hinten fallen ließ, so daß der Kolben über ihn hinwegzischte. Zugleich stieß er die Axt vor, ohne großes Geschick, aber doch kraftvoll genug, um den anderen im Magen zu treffen. Es war gewiß kein tödlicher Treffer, aber er warf seinen Gegner zurück, so daß er stolperte, aufstöhnte und die Rampe hinabpolterte.

Grimma starrte ihm fassungslos hinterher. Der Angreifer war kein Nordling gewesen. Sie hatte nur seine Silhouette sehen können, die Form seines Körpers, doch das reichte aus, um zu erkennen, daß er zu klein war. Zu klein für einen Nordling, zu klein auch für einen gewöhnlichen Menschen. Ein Kind aber hätte niemals den Streitkolben mit solcher Kraft handhaben können.

»Zwerge!« entfuhr es Bollis, der die gleiche Beobachtung gemacht hatte. »Es sind Zwerge wie wir!«

»Warum kämpfen sie auf der Seite der Nordlinge?«

Styrmir sprang auf und packte seine Axt mit beiden Händen. Keiner wußte eine Antwort auf seine Frage.

Der stürzende Angreifer hatte die Attacke ihrer Gegner für kurze Zeit aufgehalten, als er einige von ihnen mit sich nach unten riß. Erst jetzt stürmten die nächsten die Rampe herauf, stürzten sich wortlos auf Grimma und Bollis. Es waren zwei, und sie wußten mit ihren Waffen umzugehen, dennoch hatten sie den Kriegern vom Hohlen Berg nichts entgegenzusetzen. Grimmas Axt spaltete dem einen Helm und Schädel – ein gehörnter Helm, wie ihn die Nordlinge trugen –, während Bollis dem anderen seine Waffe tief in den Brustkorb hieb.

Von unten ertönten weitere Schritte, noch mehr Zwerge kamen herauf, während auf den Rängen ein halbes Dutzend Nordlinge zusammenströmte und sich auf den Weg zum Boden der Arena machte.

Grimma blieb keine Zeit, sich Gedanken zu machen, weshalb sie plötzlich gegen ihresgleichen kämpften. Unbändige Wut überkam sie, Haß auf die Mörder ihrer Gefährten. Ob Zwerge oder Nordlinge oder gar die Götter selbst – in diesem Augenblick hätte sie es mit jedem aufgenommen. Zwerge verfielen nicht in Berserkerwahn wie die Nordlandkrieger, und doch kam das, was Grimma jetzt fühlte, der Kampfwut der Nordlinge gefährlich nahe. Sie hieb und schlug und hackte, die Schneiden ihrer Axt spalteten Leiber, durchtrennten Glieder und richteten ein Gemetzel unter ihren Feinden an. Durch einen Schleier aus Blut und Zorn überkam sie die Gewißheit, daß sie verloren waren, falls die Nordlinge von den Rängen sie erreichten. Ihnen blieb nur die Möglichkeit, sich einen Weg durch die Reihen der Zwergenwächter hinab in die Tiefe zu kämpfen.

Grimma sah, daß Bollis einen Gegner nach dem anderen fällte, und sogar Styrmir schlug sich tapfer. Er blutete aus einer Schnittwunde an der Stirn und aus einer anderen an der linken Schulter, doch seine Durchhaltekraft war bemerkenswert. Während Grimma einem Feind den Schädel von den Schultern hieb, durchfuhr es sie, daß Styrmir ihr vielleicht trotz allem ein würdiger Gefährte wäre. In mehr als nur in der Schlacht. Der Gedanke schien ihr in dieser Lage so absurd, daß sie fast laut aufgelacht hätte. Sie wußte, es war der Kampfrausch, der ihr Blut derart zum Kochen brachte, und sie hatte das Gefühl, als wüchse ihre Kraft mit jedem Gegner, dem sie den Garaus machte. Sie verspürte keinen Triumph, keinen Hohn oder Spott für die Gefallenen, nur den Willen durchzuhalten, ganz gleich, was sie am Ende dieses Weges erwarten mochte; der Tod, vielleicht, oder das blanke Überleben. Einen echten Sieg, das wußte sie, konnte es für sie nicht mehr geben. Sie würde immer die Unterlegene bleiben, wenn nicht in dieser Schlacht, dann spätestens, wenn sie Thorhâl vor den Gefahren des Nordlandes warnte. Er würde nicht auf sie hören. Diese ganze Mission war sinnlos, und tatsächlich hatte sie das bereits damals geahnt, im selben Moment, da der König ihr seine Pläne mitgeteilt hatte. Sinnlos wie der Tod all ihrer Freunde.

Sie schaute zurück über ihre Schulter, sah, daß die Nordlinge vom unteren Zuschauerrang hinab in die Arena sprangen. Ihnen bereitete die Höhe keine Schwierigkeiten. Sie kamen sicher mit beiden Füßen am Boden auf, stolperten nicht, liefen aus dem Stand los und schwangen mit wütendem Gebrüll ihre Schwerter.

»Wir müssen hier weg!« stieß Bollis atemlos aus und wich mühsam dem Streitkolben eines Zwerges aus.

Grimma blockierte die Attacke ihres Gegners, schlug mit der Axt nach seiner Seite, verfehlte ihn, nutzte seine Drehung aber, ihm einen kraftvollen Tritt in den Unterleib zu geben. Der Zwerg ächzte und fiel nach hinten, rollte strampelnd die Schräge hinunter.

Diesmal wartete Grimma nicht, bis ihr die nächsten Gegner von unten entgegentraten. Sie sprang mit einem wilden Kriegsschrei die Rampe hinab, rammte einen überraschten Feind mit der Schulter beiseite, zog einem anderen im Vorbeilaufen die Axtschneide über den Oberarm und stolperte mit wirbelnder Waffe weiter. Aus den Augenwinkeln sah sie, daß Bollis und Styrmir es ihr gleich taten. Bollis blieb während des gesamten Kampfes einige Schritte vor dem Königsberater und hielt einen Großteil der Angreifer von ihm fern; wie ein Schiffsbug pflügte er durch die Feinde, während Styrmir in seinem Fahrwasser hinterherlief.

Auf der Rampe hielten sich weniger Zwerge auf, als sie befürchtet hatten. Bollis mähte zwei mit grausamen Axthieben nieder, einen anderen brachte Styrmir mit einem Faustschlag zu Fall. Grimma hinterließ eine Spur aus drei Verletzten, verzichtete aber darauf, sie zu töten. Sie verachtete die gegnerischen Zwerge, mehr noch als die Nordlinge, denn es waren Verräter, die sich gegen ihr eigenes Volk stellten. Grimma hätte es gewiß genossen, jedem einzelnen von ihnen den Garaus zu machen, doch dazu blieb jetzt keine Zeit. Sie mußten weiter, tiefer in den Tunnel, um ihren Vorsprung vor den Nordlandkriegern zu vergrößern.

Am Fuß der Rampe lagen mehrere Tote und Verletzte, die von oben den Hang herabgerollt waren. Grimma und die anderen beachteten sie nicht. Keiner von ihnen hätte es nach dem eintönigen Marsch der vergangenen fünf Monde für möglich gehalten, jemals Freude beim Anblick des endlosen Tunnels zu empfinden; und doch hätte Grimma in diesem Augenblick jubeln können vor Erleichterung. Das erste und gewiß gefährlichste Hindernis auf dem Weg in die Heimat war bewältigt – falls es ihnen gelang, der Horde von Nordlingen zu entkommen, die sich in diesem Augenblick anschickte, die Rampe herabzustürmen.

»Schneller!« rief Grimma ihren beiden Gefährten zu. »Bei den Göttern, ihr müßt noch schneller laufen!«

»Wir sollten uns ihnen stellen!« keuchte Bollis. Styrmir stützte ihn, und zu Grimmas Erstaunen ließ der Krieger sich die Hilfe widerspruchslos gefallen. Sie selbst packte Bollis am anderen Arm, und so rannten sie zu dritt, fest ineinander verhakt, den Tunnel entlang nach Süden. Fünf Monde lagen vor ihnen, wenn die Nordlinge sie nicht vorher stellten, fünf Monde, in denen sie sich von Fledermäusen, Echsen und den Fischen der unterirdischen Flüsse ernähren würden. Aber daran mochte jetzt noch keiner von ihnen denken.

Es wurde dunkler, das Sternenlicht vom Eingang blieb hinter ihnen zurück, und sie mußten sich jetzt ganz auf die Schärfe ihrer Zwergenaugen verlassen. Zumindest darin waren sie den Nordlingen hier unten überlegen. Ihre Gegner würden erst Fackeln herbeischaffen müssen, um die Verfolgung fortzusetzen. Und tatsächlich verstummte das Geschrei der Nordlandkrieger allmählich hinter ihnen, als die Männer angesichts der Finsternis am Fuß der Rampe zurückblieben.

Die drei Zwerge liefen lange Zeit ohne Unterbrechung weiter, bis schließlich immer offensichtlicher wurde, daß Bollis die Schmerzen in seinem Bein zwar so gut es ging überspielte, ihnen aber letzten Endes unterliegen würde. Keiner von ihnen vermochte zu sagen, wie groß die Entfernung war, die sie zwischen sich und die Rampe gebracht hatten, und auch die Zeit selbst hatte längst an Bedeutung verloren. Sie ließen sich am Rande des Tunnels nieder, gleich am Fuß der Höhlenwände, und Grimma massierte Bollis' Bein mit geschickten, wenn auch erschöpften Händen. Er verzog das Gesicht, sagte aber kein Wort. Styrmir warf Grimma einen besorgten Blick zu.

»Ich halte euch auf«, stöhnte Bollis nach einer Weile. »Das beste ist, wenn ihr mich liegenlaßt.«

Grimma lächelte bitter. »*Das* also hättest du hinter dich gebracht. Vielleicht können wir jetzt ernsthaft bereden, wie es weitergehen soll.«

Bollis wollte widersprechen, doch Grimma fiel ihm scharf ins Wort: »Ich habe heute fünfzehn Männer verloren. Fünfzehn hervorragende Krieger, darunter einige meiner besten Freunde! Sie haben mir vertraut, und ich habe sie geradewegs in den Untergang geführt. Glaub mir, Bollis, selbst wenn ich dich den ganzen Weg zurück zum Hohlen Berg auf meinen Schultern tragen müßte, würde ich dich gewiß nicht hier unten verrotten lassen. Ist das ein für allemal klar?«

Bollis blickte an ihr vorbei ins Dunkel, nickte steif. Er verzichtete auf eine Antwort, aber Grimma sah ihm an, daß er angestrengt nachdachte. Gut, dachte sie erleichtert, vielleicht würde er so zur Vernunft kommen.

Vernunft? spottete die Stimme in ihrem Inneren. Vernünftig wäre es, Bollis zurückzulassen. Du hast es immer gewußt, nicht wahr? Wenn es ein einziger zurück zum König schafft, war die Mission ein Erfolg. Ein einziger genügt. Noch hast du nicht verloren, noch nicht.

Sie haßte sich selbst für solche Gedanken.

»Lange sind wir hier nicht sicher«, sagte Styrmir.

»Ach, nein?« gab Grimma streitlustig zurück. »Gut, daß wir einen so scharfen Beobachter unter uns haben.«

Zu ihrer Überraschung war es Bollis, der sagte: »Laß deine Wut nicht an Styrmir aus, Grimma. Er hat sich tapfer geschlagen.«

Einen Moment lang hielt sie dem stechenden Blick ihres verletzten Freundes stand, dann nickte sie in Styrmirs Richtung. »Es tut mir leid. Du hast recht, sie werden uns folgen. Aber wir werden ihre Fackeln sehen, wenn sie näherkommen, das ist unser Vorteil.«

Eine Weile lang sagte keiner von ihnen ein Wort, während Grimma weiter Bollis' Bein massierte und Styrmir nachdenklich seine blutige Axt betrachtete. Plötzlich schaute er auf.

»Hört ihr das?«

Grimma sah ihn alarmiert an und horchte ins Dunkel.

»Schritte, von Norden«, sagte Styrmir.

»Das müssen Dutzende sein.« Bollis versuchte vergeblich, aus eigener Kraft auf die Beine zu kommen.

Grimma sprang auf und starrte in die Richtung, aus der sie gekommen waren. Der Tunnelschlund schien ihren

Blick gleichgültig zu erwidern, ein gewaltiges, finsteres Auge. Da waren keine Fackeln, keine Spur von Feuerschein. Sie begriff schlagartig, was das bedeuten mußte.

»Zwerge!«

Schweigend hoben sie Bollis vom Boden und machten sich auf den Weg nach Süden.

❧

»Es waren glorreiche Tage, damals, und glorreich waren Grimmas Taten«, schwärmte Alberich. »Es gibt ein Lied über sie. Vielleicht sollte ich –«

»Nein«, brummte Löwenzahn. »Solltest du nicht.«

Auch Mütterchen meinte: »Das ist wirklich nicht nötig.«

Nur Geist sagte: »Ich würde es gerne hören. Du hast eine so schöne Stimme, Alberich.«

»Ein andermal«, verlangte Mütterchen hastig.

Löwenzahn wuchtete seinen Zweihänder von einer Schulter auf die andere. »Erzähl uns lieber, was in der Zwergenstadt geschehen ist.«

»War es wirklich eine Arena?« fragte Mütterchen.

»Was *ist* eine Arena?« wollte Geist wissen, die sich nach all ihren Jahren im Wald nichts darunter vorstellen konnte.

Löwenzahn machte ein ernstes Gesicht. Er war froh, daß er dem Moosfräulein etwas erklären konnte, und hatte es eilig, den anderen zuvorzukommen. »Man schlägt darin einem anderen den Schädel ein und wird dafür mit Blumen beworfen.«

Geist ließ eine Nelke an ihrem Hinterkopf erblühen. »Mit solchen Blumen?«

Der Halbhunne nickte. »Und mit Münzen.«

Alberich warf einen grimmigen Blick nach hinten. »Wenn du dabei noch einmal derart gierig auf meinen Hort schielst, Hunne, drehen wir sofort um.«

»*Deinen* Hort?« Löwenzahn lachte. »Wenn das so ist, sollten wir allmählich über Besoldung sprechen.«

Ihr Abstieg die Treppe hinunter war beschwerlicher, als Mütterchen angenommen hatte. Die Stufen schienen kein Ende zu nehmen. Zudem waren die Absätze für Zwergenfüße geschaffen und viel zu kurz und niedrig für menschliche Schritte; das verdoppelte die Anstrengung. Am schlimmsten aber war, daß sie bislang nicht einmal ein Viertel der Strecke bis zum Boden der Horthalle bewältigt hatten.

Mütterchen klopfte Alberich im Gehen auf die Schulter. »Nun sag schon, was weiter geschah. Zumindest vergeht dabei die Zeit schneller.«

»Hm«, meinte der Zwerg und kratzte sich unter seiner Mütze. »Wo war ich stehengeblieben?«

Löwenzahn beugte sich vor und roch an der Nelkenblüte auf Geists Kopf. »Grimma und die anderen hatten den Tunnel verlassen und lagen auf dem Rand der Arena«, sagte er. »Von dort aus schauten sie über die Ruinen dieser Stadt und –«

»Jetzt weiß ich!« unterbrach ihn Alberich. »Ich wollte ein Lied über Grimma singen.«

»Du wolltest erzählen, wie es weiterging«, ermahnte ihn Mütterchen.

Alberich grummelte etwas in seinen Bart und meinte

schließlich: »Nun denn, hört gut zu!« Er straffte seinen Rücken. »Nach langen Monden des Marsches also kamen Grimma und ihre Gefährten im Nordland an. Sie stiegen aus dem Tunnel, fanden die Arena und entdeckten, daß die alte Stadt der Zwerge in Ruinen lag. Vielleicht war diese Stadt der Ursprung meines Volkes, vielleicht nur eine abgelegene Kolonie, das weiß heute keiner mehr. Auch was die Höhlendecke zum Einsturz gebracht hat, ist längst vergessen. Ich vermute, es war irgendeine Teufelei der Nordlinge, wie immer sie es bewerkstelligt haben mögen.

Nun, auf jeden Fall betraten Grimma und die anderen kühn die Stadt und erforschten jeden Winkel. Oft stießen sie dabei auf die verfluchten Nordlandkrieger und erschlugen ihrer Hunderte. All die Schmach, all das Verderben, das die Nordlinge mit ihrem Angriff auf den Hohlen Berg über das Zwergenvolk gebracht hatten, wurde ihnen jetzt dutzendfach heimgezahlt. Immer mehr dieser Barbaren verließen ihre stinkenden Unterschlüpfe in den Ruinen, und sie liefen Grimma und ihren Freunden geradewegs in die Klingen. Schrecklich war die Schlacht und ruhmreich der Sieg, denn bald schon war die Stadt von diesem Ungeziefer bereinigt.«

Löwenzahn runzelte ungläubig die Stirn. »Du meinst, ein paar Zwerge haben das ganze Volk der Nordlinge ausgerottet?«

Alberich hielt es nicht einmal für nötig, sich angesichts solch frevlerischen Zweifels umzudrehen. »Genauso war es«, erklärte er mit triumphaler Gebärde, »jedes Wort ist wahr! Die Zwerge waren immer ein Volk, das viele mächtige Krieger hervorgebracht hat.«

Mütterchen entging keineswegs, daß Alberich sich damit selbst widersprach; vorhin hatte er noch behauptet, in den Jahrhunderten des Frondienstes im Hohlen Berg hätten die Zwerge den Kampf verlernt. Sie schmunzelte still vor sich hin, verzichtete aber auf einen Einwand.

Der Horthüter fuhr fort: »Nachdem die Ruinenstadt von allen Feinden befreit war, machten Grimma und die Ihren sich daran, nach Spuren der hehren Vergangenheit der Zwerge zu suchen. Vielerlei fanden sie, Zeugnisse der großen Taten und Erfindungen ihrer Ahnen, und als sie alles zusammengetragen und geordnet hatten, machten sie sich auf den Rückweg. Mit lautem Gesang und in bester Stimmung stiegen sie hinab in den Tunnel und fühlten sich dort sogleich wie zu Hause. Die Mühen des Hinweges waren durch ihre glorreichen Taten von ihnen abgefallen, und sie konnten es kaum mehr erwarten, jene, die in der Heimat ungeduldig auf ihre Rückkehr warteten, mit den Schilderungen ihrer Entdeckung zu verblüffen.«

»Sie kommen näher.«

Es hätte Styrmirs Worte nicht bedurft, um Grimma den ausweglosen Ernst ihrer Lage zu verdeutlichen. Auch sie konnte es hören: das Scharren zahlloser Stiefel auf dem nassen Felsboden, das Murmeln ferner Stimmen, das metallische Klirren von Rüstzeug und scharfen Klingen. Ihre Gegner holten auf, daran bestand kein Zweifel, ebensowenig wie an der Tatsache, daß das Glück der drei Flüchtigen allmählich aufgebraucht sein mußte.

Der Schmerz in Bollis' Bein schien nachzulassen, er lief jetzt schneller, obgleich er ebenso erschöpft sein mußte wie Styrmir und Grimma. Seine Selbstbeherrschung war außerordentlich, und Grimma fragte sich besorgt, ob dies vielleicht das letzte große Aufwallen von Kraft vor dem Ende war. Doch ein Blick in Bollis' Gesicht beschwichtigte ihre Sorgen; er wirkte ausgezehrt und müde, gewiß, doch keineswegs wie ein Mann an der Schwelle zum Tod. Nein, Bollis würde leben, vorausgesetzt es gelang ihnen, die feindlichen Zwerge von ihren Fersen zu schütteln.

Das aber, darüber machte Grimma sich keine Illusionen, schien derzeit äußerst unwahrscheinlich.

»Was sollen wir tun?« fragte Styrmir leise. Er klang nicht ängstlich oder gar panisch, ganz im Gegenteil: Grimma fragte sich, woher er die Ruhe nahm, mit der er Dinge aussprach, die jeden anderen zur Verzweiflung getrieben hätten. *Sie kommen näher*, hatte er gesagt, aber mit einer Gelassenheit, als ginge es um eine aufziehende Regenwolke. *Was sollen wir tun?* fragte er jetzt; es klang, als wüßte er sehr genau, daß es darauf keine überzeugende Antwort gab. Er sagte so etwas, weil er glaubte, dies sei der Augenblick, in dem dergleichen gesagt werden *müsse*. In seinen Augen gehörte das zum großen Abenteuer, zur Legende der Nordlandreise, die fraglos in seinem Kopf Gestalt annahm, um später – falls es ein Später geben würde – von der Feder auf das Papier seines Büchleins zu fließen.

Doch immer, wenn Grimma glaubte, ihn endlich durchschaut zu haben, sagte er Dinge wie: »Sie werden uns nicht töten, nicht jeden von uns. Das kann ich spüren.« Und dann fragte sie sich allen Ernstes, ob ihm die

Ereignisse nicht vielleicht einen Teil seines Verstandes geraubt hatten.

Aber Styrmir war nicht verrückt, ganz gewiß nicht im Sinne einer Krankheit. Vielleicht ein wenig unbesonnen in seiner Einschätzung der Lage, vielleicht etwas wirr in seiner Vorstellung von Kampf und Niederlage und Tod. Aber nicht verrückt. Und Grimma wunderte sich, ob es das war, was ihr an ihm so gefiel: seine Andersartigkeit, der deutliche Unterschied zwischen ihm und den rohen Kriegern, mit denen sie früher das Lager geteilt hatte.

Das Lager teilen – liebe Güte. Als hätte sie keine anderen Sorgen.

Ein Schrei riß sie aus ihren Gedanken. Im ersten Augenblick glaubte sie, Bollis hätte ihn ausgestoßen, denn er wurde mit einemmal ungemein schwer in ihrem Griff, dann stolperte er und fiel. Doch als sie erschrocken zu ihm herabblickte, sah sie die Wurfaxt, die bis zum Anschlag zwischen seinen Schulterblättern steckte, und da wußte sie, daß dem Freund keine Zeit mehr geblieben war, einen Schrei auszustoßen.

Es war ein Kampfruf gewesen, und keine zwei Atemzüge später sah sie hinter sich mehrere Zwerge aus dem Dämmerlicht preschen, eine schnelle Vorhut der großen Streitmacht, die ihnen in größerer Entfernung folgte.

Es kam nicht zum Kampf. Nicht im Sinne eines Schlagabtauschs.

Grimma stürzte zwischen die überraschten Feinde, und ihre Axt hinterließ eine Spur aus Blut und zerschmetterten Leibern. Wie eine Furie kam sie über ihre Gegner, vier waren es, dann nur noch zwei und schließlich ein einziger, der sich umdrehen und fliehen wollte, doch Grimma spaltete ihm von hinten den Schädel und stieß ein schauriges Lachen aus, das die Kunde ihres Sieges weithin durch den Tunnel trug, hinauf gen Norden zur näherrückenden Schar der Verfolger, aber auch zurück zu Styrmir, und als sie zu ihm zurückkehrte, da sah sie ihm an, daß er sie mit einem gänzlich anderen Blick als zuvor betrachtete.

Sie beugte sich zu Bollis hinunter. Styrmir hatte die Axt bereits aus der Wunde entfernt, und jetzt war deutlich zu sehen, was die Waffe dem Zwergenkrieger angetan hatte. Grimma rollte den toten Freund auf den Rücken, küßte ihn auf die bärtigen Wangen, dann stand sie ohne ein weiteres Wort auf und gab Styrmir das Zeichen, weiterzulaufen.

Sie kamen jetzt schneller voran. Warum hatte die Wurfaxt gerade Bollis getroffen, warum den Schwächsten, denjenigen, der ihre Flucht verlangsamt hatte? *Sie werden uns nicht töten*, hatte Styrmir gesagt, *nicht jeden von uns*. Das Schicksal meint es gut mit uns, dachte Grimma kalt, und wir werden einen Preis dafür zahlen. Am Ende werden wir zahlen für all unser Glück.

Sie fragte sich, was dieser Preis sein würde. Sie wußte nur, er würde höher sein als der Gewinn, den sie aus dieser Sache ziehen konnten – was kaum verwunderlich war, denn es gab keinen Gewinn, würde nie einen geben.

Und, wer weiß, vielleicht besaß das Schicksal ja Humor, und gerade die Tatsache, daß sie keinen Preis zahlen konnten, war ihm Preis genug?

»Es war ein Zug der Helden, ein Zug der Freude und der Hoffnung, in dem Grimma und ihre Krieger nach Süden eilten, und ihre Lieder und Gespräche waren bestimmt von der Gewißheit, daß sie das fast Unmögliche vollbracht hatten.«

Alberich schwadronierte nun schon seit einer halben Ewigkeit über die Großtaten seiner Ahnen, und Mütterchen bereute längst, daß sie ihn überhaupt gebeten hatte, über das Vergangene zu sprechen. Zumal sie noch immer nichts über die Lage des versteckten Tunneleingangs erfahren hatten.

Sie hatten mittlerweile über die Hälfte des Abstiegs bewältigt. Der Goldglanz des Hortes leuchtete unter ihnen wie ein See aus Feuer. Der Schatz hatte regelrechte Landschaften gebildet, sanfte Hügel und Täler aus glitzerndem Geschmeide, schroffe Verwerfungen und Steilwände aus purem Gold. Das Rund der Halle mochte einen Durchmesser von über hundert Mannslängen haben, und nirgends in dieser gewaltigen Fläche gab es auch nur eine Stelle, die nicht mit funkelnden Reichtümern bedeckt war. Vermutlich lag der eigentliche Höhlenboden mehrere Schritte unterhalb der Goldoberfläche, und einen Augenblick lang überkam Mütterchen die absurde Vision, inmitten all dieser Pracht unterzugehen wie in einem Gewässer, tiefer und tiefer zu sinken, durch Schichten aus Schmuck und Münzen zu tauchen, ohne jemals auf festen Grund zu stoßen. Sie schüttelte sich bei dieser Vorstellung, und doch vermochte sie den wohligen Schauder, der dabei in ihrem Räuberherz aufstieg, nicht völlig zu unterdrücken.

»Viele Wochen zogen die Zwerge durch den Tunnel«, fuhr Alberich fort, »und viele neue Geschichten und Verse entstanden während dieser Zeit. Denn was sonst hatten Grimma und die anderen zu tun, als Gedichte zu verfassen, Gesänge zu komponieren und ihre schartigen Waffen zu schärfen? Wie gerne wäre ich dabei gewesen, wie gerne wäre ich siegreich an Grimmas Seite zum Hohlen Berg zurückgekehrt und hätte dem König stolz Bericht erstattet ...« Er seufzte tief und fügte dann weinerlich hinzu: »Aber was hilft es, der Vergangenheit nachzutrauern? Hier sind wir nun, wir vier Seite an Seite, und eine neue Herausforderung harrt unserer Klingen, unseres Geschicks und unserer –«

Löwenzahn unterbrach ihn mit einem langgestreckten Gähnen. »Sehr schön, Zwergling, wirklich, sehr schön. Gewiß hast du mit allem recht, was du sagst. Aber wie ging es denn nun weiter? Was für ein Empfang wurde Grimma bereitet, nachdem sie zurückkehrte zum Hohlen Berg und zu diesem König – wie hieß er noch gleich?«

»Thorhâl«, versetzte Alberich giftig. »Sein Name war Thorhâl, und er war ein größerer Herrscher als jeder, den das Hunnenvolk zwischen seinen Fellhütten und Pferdeställen jemals hervorgebracht hat!«

Löwenzahn zuckte nur mit den Schultern; Alberichs Worte berührten ihn nicht, er hatte sich nie wie ein wirklicher Hunne gefühlt. »Thorhall also«, meinte er.

»Nicht Thor*hall*!« schimpfte Alberich aufgebracht. »Hâl, hörst du, Dummkopf, Thor*hâl*. Mit langem, klangvollem A!«

»Von mir aus«, brummte Löwenzahn und verlagerte das Gewicht seines Bihänders einmal mehr auf die andere Schulter.

»Erzähl schon«, wandte Mütterchen sich an den Zwerg, um das Wortgeplänkel der beiden zu einem Ende zu bringen. »Wie war das nun, als Grimma zum König zurückkehrte?«

»Wie es war?« wiederholte Alberich naserümpfend. »Wie es war, willst du wissen? Was denkst du denn, wie es war?«

Mütterchen verdrehte die Augen.

»Laß uns raten«, meinte Löwenzahn trocken, und Geist piepste leise:

»Glorreich, nicht wahr?«

Zeit existierte nicht im Tunnel, jetzt nicht mehr, da die beiden Schreiber tot waren und ihre Sanduhren zerbrochen zwischen den Ruinen lagen. Es gab keinen Tag und keine Nacht, und schließlich wußten Grimma und Styrmir nicht einmal mehr eindeutig zu sagen, ob sie müde waren oder nicht. Sie schliefen dann, wenn ihre Füße sie nicht mehr weitertragen wollten, und sie aßen, wenn es ihnen gelang, in einem Wasserlauf einen blinden grauen Fisch zu fangen, der träge durch die Schwärze schwebte. Mitunter geschah das mehrmals in kurzen Abständen hintereinander, manchmal über lange Zeiträume überhaupt nicht. Aber waren die Zeiträume wirklich lang oder schienen sie ihnen nur so? Und spielten ihre Körper ihnen vielleicht nur hämische Streiche, wenn sie ihnen Schwäche signalisierten? Gab es überhaupt so etwas wie eine zeitliche Ordnung hier unten, wenn sie sich diese Ordnung nicht selbst erschufen, sei es durch Sanduhren oder das Zählen ihrer Schritte?

Irgendwann verklangen die Laute ihrer Verfolger hinter ihnen. Waren seit dem Beginn ihrer Flucht Tage vergangen, Wochen oder gar ganze Monde? Gelegentlich, aber nur sehr selten, erkannten sie bestimmte Stellen wieder, die ihnen bereits auf dem Hinweg aufgefallen waren. Manchmal waren das so unbedeutende Dinge wie eine ungewöhnliche Felsformation oder eine schillernde Ader im Gestein, manchmal auch Bäche und Wasserlöcher, die sich in ihrem Weg auftaten. Meistens begannen sie dann miteinander zu streiten, denn es kam selten vor, daß sie gleicher Meinung waren über den Zeitpunkt, da sie diese Stelle auf dem Weg nach Norden passiert hatten. Styrmir mochte sagen: »Hier waren wir im dritten Mond«, während Grimma sogleich widersprach und erklärte: »Es war im fünften, da bin ich vollkommen sicher.«

Doch trotz solcher Meinungsverschiedenheiten war Grimma froh, daß Styrmir an ihrer Seite war, und sie hörte ihm gerne zu, wenn er sich über die Berater des Königs und ihre hanebüchenen Ratschläge lustigmachte. »Man wird dazu erzogen, Unsinn zu reden«, erklärte er ihr einmal. »Es geht nicht darum, was man sagt, sondern darum, daß man überhaupt etwas sagt und der König es zur Kenntnis nimmt. Für die meisten Berater gibt es nichts Wichtigeres als einen Seitenblick Thorhâls, ein anerkennendes Nikken, sogar ein Schulterzucken. Sie sind selbst dann überglücklich, wenn er ihre Meinung mit einem Kopfschütteln abtut – sie haben dann das Gefühl, sie hätten eine mögliche Fehlentscheidung abgewandt.« Er lachte bitter. »Alles nur eine Frage der Sichtweise, schätze ich.«

Grimma lehrte ihn ihrerseits viel über das Kriegshandwerk. Dabei verschwieg sie nicht, daß auch sie das meiste davon nur aus den Erzählungen ihrer Ausbilder kannte. Vor dem Angriff der Nordlinge hatte es lange Zeit keinen offenen Kampf mehr im Hohlen Berg gegeben, und die Aufgaben der Krieger waren lediglich die einer Schutztruppe gewesen, die dafür sorgte, daß es keine Verbrechen oder gar Aufstände gab. »Aber so hatte sich keiner von uns seine Zukunft vorgestellt. Wir waren nicht Krieger geworden, um Taschendieben das Handwerk zu legen. Zumindest war es das, was wir uns Tag für Tag sagten, und hinter vorgehaltener Hand gab es viel Murren und Unzufriedenheit. Viele von uns waren froh, als die Nordlinge auftauchten. Endlich, so schien es, war die Zeit gekommen, unsere Fähigkeiten unter Beweis zu stellen. Wir waren Narren, fürchte ich. Wir haben nicht weiter gedacht als bis zum Ende der Äxte, die wir in unseren Händen hielten.« Sie schüttelte traurig den Kopf. »Bollis, Egil und all die anderen wissen es heute vielleicht besser.«

»Und du selbst?«

»Ich bin Heerführerin der Armee vom Hohlen Berg«, sagte sie steif, »und das werde ich bleiben, bis ich selbst der Klinge eines Feindes unterliege oder mich das Alter dahinrafft, mögen die Götter mich davor bewahren! Ich kann nichts anderes sein als das, was ich bin, und ich kann keine andere Meinung vertreten als die einer Kämpferin. Ich kann mich nicht selbst verraten.«

»Aber du weißt, daß du unrecht hast«, sagte Styrmir beharrlich. »Du weißt, daß dieser Krieg falsch war – auch wenn du nichts an ihm ändern konntest –, und du weißt, daß diese Mission ein Fehler war. Wie kannst du immer noch dazu stehen?«

»Ich habe mich einmal darauf eingelassen, oder?« entgegnete sie müde. »Ich habe mich entschlossen, meine Krieger in den Kampf zu führen, und ich habe nicht abgelehnt, als Thorhâl mir auftrug, ins Nordland zu gehen. Ich habe nicht daran geglaubt, daß es richtig war, aber ich habe einem Befehl gehorcht, und zumindest das war richtig.«

»Unsinn!«

Sein Widerspruch machte sie nicht wütend, und das erstaunte sie selbst. »Du verstehst das nicht. Du bist kein Krieger. Du bist nicht erzogen worden wie ich.«

»Soll denn alles immer nur eine Frage dessen sein, was uns als Kindern beigebracht wurde? Damit machst du es dir sehr einfach, Grimma.«

»Vielleicht, aber es ist das, was ich gelernt habe«, sagte sie, sich des unheilvollen Kreislaufs, den sie damit eingestand, durchaus bewußt. Dennoch weigerte sie sich, ihre Vergangenheit zu verleugnen, all die Jahre, die sie an ihre Pflichten als Kriegerin geglaubt hatte. Sie konnte nicht über ihren eigenen Schatten springen, denn darauf lief es hinaus. Sie war – und es tat weh, sich das einzugestehen – zu schwach, um gegen sich selbst und ihr besseres Wissen anzukämpfen. Das war eine Schlacht, der sie aus dem Weg ging, vor der sie davonlief wie ein Schwächling vor der anrückenden Streitmacht der Feinde.

Sie mochten die Hälfte des Weges zurückgelegt haben,

als Styrmir eines Tages (oder eines Nachts) etwas entdeckte.

»Das ist sonderbar«, sagte er, nachdem er in einem eiskalten Wasserloch nach Fischen getaucht und schließlich spuckend und keuchend an die Oberfläche zurückgekehrt war. »Dort unten ist eine Öffnung«, sagte er und rieb sich die Augen.

Grimma zuckte nur mit den Achseln. »Irgendwie muß das Wasser schließlich hierhergekommen sein.« Ihr Magen knurrte, und die Vorstellung, selbst in das Wasserloch hinabzutauchen, trug keineswegs dazu bei, ihre Laune zu heben.

»Es ist ein *Tor*, Grimma!«

»Wie meinst du das, ein –«

»Es ist viereckig, die Kanten sind gemauert, und dort drüben« – er zeigte zur anderen Seite des Gewässers – »führen Stufen nach unten.«

Grimmas Magenknurren wich einer anderen Art von Rumoren. Die Gleichgültigkeit, die seit einiger Zeit wie ein Kokon um ihr Gemüt zu liegen schien, verschwand auf einen Schlag. Erregung trat an ihre Stelle. Grimma sprang auf, umrundete die Wasseroberfläche und ging am gegenüberliegenden Ufer in die Hocke. Styrmir hatte recht. Sie konnte tatsächlich den oberen Absatz einer Treppe ausmachen, die geradewegs ins Wasser führte. Die Senke im Boden des Tunnels war nicht immer überflutet gewesen.

»Und du bist sicher, daß es ein Tor ist?« fragte sie Styrmir, der trotz der Kälte immer noch bis zur Brust im Wasser stand. Sie sah ihm an, daß er darauf brannte, seine Entdeckung genauer zu erkunden.

»Ein Durchgang, ungefähr so hoch wie ich selbst«, bestätigte er mit leuchtenden Augen. »Von Zwergen für Zwerge geschaffen. Wir sollten es uns genauer ansehen.«

»Wir würden beide ertrinken.«

»Du bleibst hier und wartest. Komme ich nicht schnell genug zurück, gehst du weiter und warnst den König.«

»Und was, wenn ich nicht will, daß du ertrinkst?« fragte Grimma lakonisch.

»Ich kann vielleicht nicht mit einer Axt umgehen, aber was Schwimmen und Tauchen angeht, gibt es gewiß manchen Zwerg, der sich dabei ungeschickter anstellt.«

Grimma schaute über das Wasser hinweg nach Norden. Der Tunnel lag weithin verlassen da, in der Ferne verschwamm alles in einem Dunst aus Dunkelheit. Ihre Verfolger schienen die Jagd schon vor geraumer Zeit abgebrochen zu haben. Dennoch hatten sie es eilig. Ausgedehnte Expeditionen in benachbarte Grotten oder Höhlensysteme kamen nicht in Frage.

»Ich komme mit«, entschied sie. »Und wenn auch nur, um darauf zu achten, daß du keine Zeit vergeudest.«

Styrmir grinste, und als er sah, wie Grimma zögerlich in das kalte Wasser stieg, lachte er lauthals auf. »Ich wußte gar nicht, daß du wasserscheu bist, große Kriegerin.«

»Kümmere dich um dich selbst, Königsberater.« Grimma hatte das Gefühl, als müßte ihr ganzer Körper zu Eis erstarren. »Wie hältst du es nur in dieser verfluchten Kälte aus?«

»Dein Anblick wärmt mein Herz.«

»Mach dich nur lustig.« Mit einem Keuchen ließ sie sich gänzlich ins Wasser gleiten, und wenig später folgte sie Styrmir in die Tiefe. Beide hatten ihre Äxte an ihren Gürteln befestigt. Das Wasserloch war tiefer, als Grimma vermutet hatte, und die undurchdringliche Schwärze unter ihr erschreckte sie. Sie hatte Wasser noch nie gemocht, und selbst die ungefährlichen Seen im Hohlen Berg hatten sie stets mit Unbehagen erfüllt. Die Tatsache, daß sie nicht sehen konnte, ob irgend etwas unter ihr in der Tiefe lauerte, machte sie unsicher.

Schon nach wenigen Herzschlägen erkannte sie in der Wand der Senke das Tor, von dem Styrmir gesprochen hatte. Ohne Zögern tauchte er als erster hindurch. Als Grimma ihm folgte, bemerkte sie zu ihrer Erleichterung, daß dahinter kein langer überfluteter Stollen lag, sondern schon nach zwei, drei Schritten eine weitere Höhle. Prustend und nach Atem schnappend durchbrach Grimma die Oberfläche. Styrmir war neben ihr und schaute sich neugierig um.

Es war kein grob in den Fels geschlagener Hohlraum wie der Haupttunnel. Vielmehr befanden sie sich in einer Höhle, deren Wände mit Ziegelsteinen verkleidet waren, rechtwinklig nach oben gemauert und sauber verfugt, ganz anders also, als es die Zwerge heute gemacht hätten. Die Erbauer dieser Anlage waren zweifellos dieselben gewesen, die auch die Stadt im Nordland errichtet hatten; auch dort war mit Steinen gearbeitet worden. Damals, vor wer-weiß-wievielen Jahrhunderten, war die Baukunst der Zwerge jener der Menschen noch sehr viel ähnlicher gewesen, ein Umstand, der im Hohlen Berg längst in Vergessenheit geraten war.

Der Raum war sechseckig und maß in der Breite etwa zwanzig Schritte. Der Boden war nicht ebenerdig, sondern wurde nahezu vollständig von Treppenstufen eingenommen, deren untere Hälfte überflutet war. Hier herrschte das gleiche Dämmerlicht wie im Tunnel, ein fahles Schimmern des Gesteins, das nur von Zwergen wahrgenommen werden konnte.

Grimma und Styrmir schwammen mit wenigen Stößen ans Ufer und kletterten auf die trockenen Stufen. Weiter oben endete die Treppe an einer Plattform, die von vier schmucklosen Säulen begrenzt wurde. In der Rückwand der Plattform gab es einen weiteren schmalen Durchgang.

»Sieht aus wie eine Art Thronsaal«, sagte Grimma und spürte in sich einen Anflug von Ehrfurcht, den sie sich nicht recht erklären konnte.

»Oder wie ein Tempel«, bemerkte Styrmir.

Im Hohlen Berg gab es keine Tempel, jeder Zwerg betete, wann und wo er es für richtig hielt. Die meisten hatten es gänzlich verlernt. Götter taugten nur noch für Flüche und Fürbitten. Damals aber, als die alte Zwergenstraße durch die Felsen des Erdinneren getrieben worden war, mochte das anders gewesen sein.

Styrmir hatte die gleichen Gedanken. »Es ist genau wie bei den Menschen«, sagte er staunend.

»Wie meinst du das?«

»Die Christen errichten an ihren großen Handelsstraßen Kapellen, in denen sie einkehren und ihrem Gott huldigen. Genauso muß es bei unseren Vorfahren gewesen sein. Sie haben diesen Tempel angelegt, damit diejenigen, die auf der Zwergenstraße reisten, unterwegs nicht auf den Beistand der Götter verzichten mußten.«

»Aber warum gibt es im Hohlen Berg keine solchen Räume?«

Styrmir rieb sich Wasser aus den Augen. »Vielleicht haben die Bewohner der Nordlandstadt nach der Katastrophe, die ihre Höhlendecke zum Einsturz brachte, den Glauben an die Götter verloren. Als die Überlebenden nach Süden zogen, um ein neues Zuhause zu finden, sprachen sie sich von ihrem alten Glauben los und verzichteten fortan auf jede Art von Huldigung.«

Styrmirs Worte klangen überzeugend. Grimma ärgerte sich ein wenig, daß sie nicht allein darauf gekommen war.

»Laß uns nachschauen, was hinter dem Durchgang ist«, sagte sie und bemerkte plötzlich, daß Müdigkeit und Schwäche mit einemmal wie fortgewischt waren. Sie spürte in sich einen Tatendrang, wie sie ihn zum letzten Mal während der Schlacht im Hohlen Berg gefühlt hatte.

Gemeinsam mit Styrmir stieg sie die steile Treppe hinauf, bis sie die Plattform erreichten. Vorsichtig schauten sie um die beiden inneren Säulen zur Öffnung in der Rückwand. Dahinter lag im Dämmerlicht ein weiterer Höhlenraum. Die einzigen Geräusche, die sie hörten, stammten von Wassertropfen, die von der Decke hinab zur Oberfläche fielen. Vielleicht verlief hoch über ihnen ein Fluß. Oder aber – und dieser Gedanke flößte Grimma schlagartig Entsetzen ein – sie befanden sich unter dem Meeresboden, und über den Felsen erstreckte sich ein endloser Ozean.

Nein, beruhigte sie sich hastig, das war unmöglich. Sie waren schon zu weit gelaufen, sie mußten bereits irgendwo in den Ländern östlich des Rheins sein. Zwerge verabscheuten das Meer, mehr noch als das unruhige Grün der

Wälder, und Grimma war keine Ausnahme. Die Vorstellung, daß sich über ihren Köpfen die Wellen eines Ozeans brachen, verursachte ihr Übelkeit.

»Ich gehe vor«, zischte sie Styrmir zu. Ehe er widersprechen konnte, hatte sie die Plattform bereits überquert und huschte mit gezogener Axt durch die Tür.

Die Kammer dahinter war kleiner als der Vorraum und doch um ein Vielfaches eindrucksvoller. Ihre Wände waren über und über mit Reliefen geschmückt, die meisten von Moos und Schimmelpilzen überzogen, und in den Boden war ein aufwendiges Mosaik eingelassen. Sämtliche Darstellungen zeigten Zwerge bei der Anbetung ihrer Götter. Letztere waren größer und filigraner gearbeitet, und obgleich sie lange Bärte trugen, glichen sie doch in ihrer Gestalt weit mehr den Menschen als den gedrungenen, breitschultrigen Zwergen. Grimma fragte sich einmal mehr, in welcher Beziehung Zwerge und Menschen dereinst gestanden hatten. Waren die Zustände im Hohlen Berg gar keine Ausnahme? Waren ihre Urahnen ein Dienervolk der Menschen gewesen? Der Gedanke erfüllte sie mit Abscheu.

Am anderen Ende des Höhlenraumes befand sich ein erhöhtes Podest, vielleicht eine Art Altar. Davor lagen auf einem Haufen allerlei alte Waffen, vom Schimmel zerfressene Kleidungsstücke, dazwischen Teile einer Rüstung. Auf Grimma wirkte dieser Anblick, als hätte irgendwer in größter Eile wahllose Opfergaben abgelegt, ohne sich die Zeit zu nehmen, sie zu sortieren oder entsprechend weihevoll darzubringen. Dies mußte während des großen Auszugs nach Süden geschehen sein. Die Hast, mit der die Gaben an die Götter abgeladen worden waren, ließ darauf schließen, daß die Zwerge damals überstürzt, beinahe panisch gehandelt hatten. Als wären sie vor etwas auf der Flucht gewesen. Hatten die Nordlinge sie schon damals nach Süden verfolgt und den Weg zum Berg ausgekundschaftet?

Styrmir trat hinter Grimma durch die Tür und blickte sich aufmerksam um. Mit unverhohlener Enttäuschung sagte er schließlich: »Sieht nicht aus, als würde uns das irgendwie weiterhelfen!«

»Was hast du denn erwartet? Eine Speisekammer?«

»Ich weiß nicht«, sagte er schulterzuckend. »Bessere Waffen vielleicht. Oder einen Hauch von Albenmagie.« Die Alben galten als die Urahnen der Zwerge, und ihr Zaubergeschick war der Stoff vieler Sagen.

Grimma schenkte ihm ein schiefes Lächeln. »Nichts als Legenden. Zwerge und Zauberei, das kann nicht gutgehen.« Je länger sie die Reliefe an den Wänden betrachtete, auf denen sich Zwerge demütig vor menschlichen Göttern verneigten, desto absurder erschien ihr die Vorstellung von der legendären Albenmagie und der Abstammung ihres Volkes von lange verschollenen Fabelwesen. Lügen, dachte sie erbost, seit Generationen erzählt man uns nichts als Lügen!

Am schlimmsten von allem aber war ein Gedanke, der ihr jetzt zum erstenmal kam: Waren die angeblichen Götter die Vorfahren der heutigen Nordlinge gewesen? War ihr Volk vor einem Stamm wilder Barbaren auf die Knie gesunken? Und waren die Zwerge, die in der Arena an der Seite der Nordlinge gekämpft hatten, nichts anderes als die Nachkommen jener Zwerge, die, aus welchen Gründen auch immer, in den Ruinen zurückgeblieben waren?

Sie verbesserte sich selbst: Die Zwerge hatten nicht *an der Seite* der Nordlandkrieger gekämpft, sondern *an deren Stelle*. Der Unterschied war fein, aber bezeichnend: Noch heute waren die Zwerge im Nordland nichts als Sklaven, die im Kampf den Feinden vor die Klingen geworfen wurden. Falls es Grimma nicht gelang, Thorhâl von seinem Plan abzubringen, würde das Volk vom Hohlen Berg das ungestörte Leben im Dienst der Nibelungen geradewegs gegen die Sklavenketten der Nordlinge eintauschen.

Wer wußte schon noch, was damals wirklich geschehen war? Wann war der Zeitpunkt gekommen, an dem die Nordlinge von Göttern zu Gegnern geworden waren? Und wie konnte das stolze Volk der Zwerge zu einer Meute unterdrückter Handlanger verkommen?

Gerade wollte Grimma Styrmir auf die Reliefe und ihre mögliche Bedeutung aufmerksam machen, als er sagte: »Das sind Nordlinge, nicht wahr?« Dabei deutete er auf die steinernen Wandbilder. Er hatte längst dieselben Schlüsse gezogen.

Grimma gab kein Antwort, sondern nickte nur. Es tat viel zu weh, die Wahrheit auszusprechen.

»Wir müssen Thorhâl warnen.« Styrmir preßte die Worte widerwillig hervor, als beginge er damit einen Verrat. Schon wollte er sich abwenden und zurück in den Vorraum gehen, als Grimma sagte:

»Warte!« Sie eilte mit wenigen Schritten zu den Opfergaben, wischte mit der Axt Spinnweben und Staub beiseite. »Wenn das hier wirklich den Nordlingen dargebracht wurde, dann will ich wenigstens sichergehen, daß nichts darunter ist, das bei uns besser aufgehoben wäre.«

Styrmir trat neben sie und beugte sich ebenfalls über

die Gegenstände. Grimma zog ein paar Kurzschwerter, Beile und Dolche aus dem Haufen, doch die meisten waren rostig oder von Grünspan überzogen. Die Kleider zerfielen schon bei der leichtesten Berührung zu faserigem Brei. Darunter lagen mehrere Schriftrollen, so brüchig, daß sie sich nicht öffnen ließen. Als Styrmir einige der Fetzen untersuchte, schüttelte er nur verständnislos den Kopf; die Schrift darauf hatte er nie zuvor gesehen. Grimma untersuchte derweil Teile einer Rüstung, Helm und Handschuhe aus Stahl, ein verrostetes Kettenhemd und Armschienen. Sie legte alles beiseite, grub tiefer in dem verrottenen Opferhaufen und beförderte schließlich etwas Sonderbares ans Licht. Styrmir zog scharf die Luft durch die Zähne.

»Was ist das?« fragte Grimma und hob das Ding mit spitzen Fingern in die Luft.

Es war ein feines Metallgewebe, aus winzigen Gliedern gefertigt, und es hatte die Form einer Kapuze, rundherum von gleicher Länge, so daß es das ganze Gesicht bis zum Kinn verbarg. Zwei Öffnung waren für die Augen freigelassen worden. Die Oberfläche hatte sich im Laufe der Jahre dunkel gefärbt, aber Rost war keiner zu sehen.

»Pures Silber!« entfuhr es Grimma beeindruckt. Nicht der Wert verblüffte sie, sondern die kunstvolle Verarbeitung. Die Kettenglieder, aus denen die Kapuze gewebt war, waren so klein, daß sie mit bloßem Auge kaum zu erkennen waren. Niemals zuvor hatte Grimma etwas Derartiges gesehen. Trotz aller Pracht des Nibelungenhortes gab es im Hohlen Berg nichts von vergleichbarer Kunstfertigkeit.

Styrmir betrachtete es sachlicher, doch auch er konnte

sein Erstaunen nicht gänzlich verhehlen. »Warum hat man so etwas einfach hier liegengelassen?«

»Nicht liegengelassen«, verbesserte Grimma düster. »Geopfert. Das ist ein Unterschied. Für die Götter nur das Beste.« Sie betrachtete die Kapuze von allen Seiten. »Ich frage mich nur, wofür das Ding gut sein soll? Im Kampf bietet es keinen Schutz, dazu ist Silber viel zu weich. Und als Schmuckstück verhüllt es das Gesicht des Trägers. Das ergibt doch keinen Sinn.«

»Zieh es über«, verlangte Styrmir.

»Ich?« Grimma hob eine Augenbraue. »Warum nicht du?«

»Du bist eine Frau. An dir wird es besser aussehen.«

Grimma tat geschmeichelt, rollte die Ränder der Kapuze auf, hob sie mit beiden Händen hoch – und stülpte sie mit einer blitzschnellen Bewegung über Styrmirs Kopf.

Styrmir verschwand. Löste sich einfach in Luft auf. Im einen Augenblick stand er da, das Silbergewebe halb über das Gesicht gezogen, im nächsten war er fort.

Grimma ließ die Kapuze mit einem entsetzten Aufschrei los, taumelte zwei Schritte zurück und wäre fast über die Stufen des Altars gestolpert. Mit einer Hand fing sie ihren Sturz ab, mit der anderen riß sie ihre Axt vom Gürtel.

Ein wilder Fluch ertönte – Styrmirs Stimme! –, und nur wenige Herzschläge später war der verschwundene Zwerg wieder zu sehen, stand unverändert an derselben Stelle und schleuderte die Kapuze in weitem Bogen von sich.

»Was, bei allen Göttern, war *das*?« rief er aus, das Gesicht zur Grimasse verzerrt.

Grimma näherte sich zögernd dem verschlungen daliegenden Silbergewebe, sehr langsam, als fürchtete sie, die Kapuze könnte davonhuschen oder sie gar angreifen wie ein bizarres Lebewesen. Mit der Stiefelspitze stieß sie dagegen, hob sie dann mit der Axt vom Boden.

»Albenmagie!« flüsterte sie beeindruckt. »Also doch.«

Styrmirs Stimme klang flattrig, seine Züge unter der Gesichtstätowierung waren kreidebleich. »Ich konnte mich nicht mehr sehen ... ich meine, ich hab' an mir runtergeschaut, und ich war ... einfach weg!«

»Unsichtbar«, murmelte Grimma zu sich selbst. Dann drehte sie sich zu Styrmir um. »Weißt du, was das ist?«

»Natürlich weiß ich das!« gab er giftig zurück, als hätte sie ihn in seiner Ehre gekränkt. »Eine Tarnkappe. Genau wie in den alten Legenden.« Und plötzlich wurde ihm klar, was er da gesagt hatte. »Dann ist es wahr«, flüsterte er atemlos.

Grimma nahm die Kapuze zaghaft von der Axtklinge und rieb das Silbergewebe zwischen den Fingern. »Was sonst, außer Magie, könnte so etwas erschaffen? Diese Glieder wurden nicht von Händen geformt.«

Styrmir lief aufgeregt im Raum auf und ab. »Vielleicht ist es gefährlich. Warum sonst, um alles in der Welt, hätte jemand dieses Ding einfach fortwerfen sollen?«

»Es wurde nicht fortgeworfen«, wies Grimma ihn zurecht. »Begreifst du das denn noch immer nicht? Die Zwerge, die nach dem Untergang ihrer Stadt hier vorbeizogen, haben ihren Göttern das Kostbarste geopfert, das sie besaßen. Sie waren verstört, völlig verzweifelt. Sie glaubten, nur so könnte es für sie noch eine Zukunft geben.« Grimma legte die Axt am Boden ab, krempelte die Kapuze auf und hielt sie sich über den Kopf.

»Du willst doch nicht –«

Sie grinste breit. »Du hast es doch gut überstanden, oder?«

»Trotzdem könnte es gefährlich sein.«

»Gefährlich war das, was wir im Nordland erlebt haben. Gefährlich war unsere Flucht durch den Tunnel und sogar das Tauchen durch das Wasserloch.« Sie setzte die Kapuze sanft auf ihr Haar und schob langsam die Seiten herunter. »Aber das hier? Wenn das die einzige Gefahr ist, mit der wir es von nun an zu tun haben, dann ist sie mir mehr als willkommen.«

Schon während ihrer letzten Worte war sie nicht mehr zu sehen. Ihre Stimme erklang aus vollkommener Leere. Sie machte einige Schritte durch den Raum und wäre fast gestolpert. Ohne den eigenen Körper sehen zu können, wurde jede Bewegung zu etwas Ungewohntem, Schwierigem. Styrmir stand da und drängte sie, sofort aufzuhören, doch Grimma beachtete ihn nicht. Mit jedem Schritt wurde sie sicherer. Schließlich beugte sie sich herab und hob ihre Axt vom Boden. Die Waffe schien sich in Luft aufzulösen. Zuletzt berührte sie Styrmir an der Schulter. Erschrocken fuhr er zusammen. Sein Fellwams blieb sichtbar, auch als Grimma ihre Hand darauf ruhen ließ. »Sie läßt nur den verschwinden, der sie trägt. Das ist großartig!«

Styrmir wollte nach ihr greifen, doch sie entzog sich ihm ohne jede Mühe. »Einen Moment noch«, bat sie. »Ich will mich erst daran gewöhnen.«

»Wer weiß, was du dir damit antust«, murrte er. »Vielleicht wird man krank davon, vielleicht hängt irgend etwas Ansteckendes daran.«

»Du bist doch kein Feigling, Styrmir, oder? Warum also jammerst du jetzt herum wie ein Waschweib?«

»Wenn du mich schon beleidigst, würde ich dir gerne dabei in die Augen sehen.«

Grimma seufzte und zog die Tarnkappe vom Kopf. »Du gibst keine Ruhe, was? Willst du es auch noch mal versuchen?«

Er hob abwehrend beide Hände. »Bleib mir damit nur vom Hals!«

»Du bist mir ein schöner Königsberater«, stichelte sie schmunzelnd. »Stürzt dich in den Kampf wie einer, der sein Leben lang nicht anderes getan hat. Aber vor solch einem Stück Silber läufst du davon.«

»Es ist Magie. Damit hat es selten etwas Gutes auf sich.«

Grimma stopfte die Tarnkappe in ihren Hosenbund. »Laß uns weitergehen. Wir können unterwegs überlegen, was wir mit der Kappe tun.«

»Du würdest gerne zurückgehen und es den Nordlingen zeigen, nicht wahr?« sagte Styrmir, als sie die Treppe zum Wasser hinabstiegen.

Grimma befestigte die Axt am Gürtel und watete in die nasse Kälte. »Vielleicht später«, zischte sie knapp, dann tauchte sie unter.

Styrmir war in der Tat ein guter Schwimmer. Obwohl Grimma zuerst ins Wasser gestiegen war, überholte er sie unter der Oberfläche und tauchte vor ihr durch das Verbindungstor zum Tunnel. Einen Moment später hatte Grimma ihn im Dunkeln aus den Augen verloren. Ein Anflug von Panik überkam sie, und sie wollte ihm übereilt hinterhergleiten. Doch im Gegensatz zu Styrmir hatte sie vor dem Untertauchen wegen der Aufregung über den Fund nicht auf ihre Atmung geachtet. Jetzt ging ihr die Luft aus, noch bevor sie das Tor passierte, und sie hatte keine andere Wahl, als so schnell wie möglich aufzusteigen. Hustend durchbrach sie die Oberfläche, immer noch innerhalb des Tempels. Sie rief sich zur Ruhe und wartete ungeduldig, bis ihr Atem besänftigt war. Dann tauchte sie abermals unter, durchschwamm das Tor und blickte aus der schwarzen Tiefe zur helleren Wasseroberfläche im Tunnel empor. Styrmir schwamm immer noch dort oben umher, sie konnte ihn von unten schemenhaft erkennen. Sicher machte er sich Sorgen um sie.

Gelassen stieg sie auf und überlegte, ob sie ihn von unten am Bein packen sollte, um ihn zu erschrecken. Sie schaute hinauf und sah, daß er ihr entgegenblickte. Sein Gesicht war unter Wasser, schaute nach unten und wirkte durch die Fluten bleich und verschwommen. Konnte er sie schon sehen? Grimma verwarf den Gedanken an ihren Streich. Was war überhaupt in sie gefahren? Sie waren keine Kinder mehr. Und nur, weil sie ihn mochte, mußte sie sich nicht aufführen wie ein junges Mädchen. Als nächstes würde sie sich noch Blumen ins Haar stekken!

Sie hatte die Oberfläche fast erreicht, als ihr etwas Sonderbares auffiel. Der Lichtschimmer, der von oben herabfiel, war dunkler geworden. Und er war rot.

Mit einem Aufschrei, der in einer Flut von Luftblasen erstickte, bremste Grimma ihren Aufstieg und ließ sich zurück in die Tiefe sinken. Die Luft ging ihr aus. Ihre Brust fühlte sich an, als müßte sie jeden Augenblick auseinanderplatzen.

Hoch über ihr trieb Styrmirs Körper in einer blutroten Aura aus Dämmerlicht. Seine Beine und Arme waren abgespreizt, vollkommen reglos. Sein Gesicht schaute immer noch nach unten, die Augen weit aufgerissen und dennoch blind. Dunkelrote Wolken wogten in pulsierenden Schüben um seinen Schädel.

Strampelnd, jetzt vollends in Panik, stieß Grimma gegen die Felswand. Ihre Hände tasteten umher, fanden den Rand des Tores, zogen sich hindurch. Auf der anderen Seite, im Vorraum des Tempels, raste sie dem Licht entgegen. Brach mit einem wilden Schrei durch die Oberfläche. Sog die Luft ein, bis sich ihre Lungen zu verkrampfen schienen.

Abgekämpft schleppte sie sich die vorderen Stufen empor ins Trockene, saß da, die Hände vors Gesicht geschlagen und dennoch unfähig, Tränen zu vergießen.

Sie hätte nicht jedes der Gefühle benennen können, die in ihr tobten, und doch war da eines, das alle anderen überwog, mehr noch als ihre Trauer um den Freund: Haß loderte wie ein verzehrendes Feuer in ihr, und als sie die Tarnkappe aus dem Hosenbund zog und über ihren Kopf streifte, da tat sie es mit keinem anderen Gedanken, als mit ihrer Hilfe so viele Leben wie möglich zu vernichten.

Sie packte mit unsichtbarer Hand ihre Axt, watete zurück ins Wasser und tauchte abermals hinab zum Tor. Sie stieß mit der Schulter gegen den Rand, weil sie kein Gefühl für ihre eigene Breite und Form hatte, schwamm trotzdem weiter und jagte auf der Tunnelseite der Wasseroberfläche entgegen. Sie war unsichtbar, gewiß, und doch würde das Wasser sie verraten. Ihre Gegner mußten Styrmir erwartet haben, als sein Kopf durch die Oberfläche stieß. Wahrscheinlich hatte er sie nicht einmal gesehen; sie hatten ihn erschlagen, bevor er sich noch die Nässe aus den Augen reiben konnte. Grimma konnte das gleiche passieren, unsichtbar oder nicht, falls einer der Feinde zuschlagen würde, sobald sich die Oberfläche bewegte. Aber sie hatte keine andere Wahl. Ihr einziger Wunsch war es, so viele Gegner wie möglich mit in den Tod zu nehmen. Selbst Thorhâl und das Volk vom Hohlen Berg waren in diesem Augenblick vergessen.

Das Licht kam näher und mit ihm Styrmirs Leichnam und die Klingen der Feinde. Grimma raste wie ein Geschoß empor, brach durch die Oberfläche und zog sich ins Trockene, ohne sich umzuschauen. Ihr einziger Vorteil war die Überraschung. Wenn das Staunen ihrer Gegner über das aufgewühlte Wasser erst in Begreifen umschlug, war es zu spät.

Grimma sprang auf, eine Explosion aus Wassertropfen, die von ihrem unsichtbaren Körper in aller Richtungen spritzten. Doch ihre Befürchtung, sich dadurch zu verraten, war unbegründet. Die neun Nordlandzwerge, die am Ufer des Wasserlochs standen, waren starr vor Staunen. Sie hatten noch immer nicht begriffen, weshalb sich das Wasser bewegte, als sei etwas von unten heraufgestiegen, obwohl nicht das geringste zu sehen war.

Grimma lachte, ein eisiges Lachen als Vorspiel des Tötens. Ungeachtet aller Regeln ehrenvollen Kampfes fuhr sie unter die Feinde, spaltete mit ihrer unsichtbaren Waffe Schädel, hieb Glieder entzwei und zertrümmerte Gesichter. Sie schlug nicht gezielt zu, ließ einfach die Axt umherwirbeln, als besäße sie eigenes, unheilvolles Leben.

Blut sprühte aus Wunden und Stümpfen, Knochen splitterten und Innereien ergossen sich prasselnd über den Höhlenboden. Und noch immer gab es keine Gegenwehr. Innerhalb weniger Augenblicke lag ein halbes Dutzend Zwerge tot oder sterbend am Boden, und der Rest ergriff in heilloser Panik die Flucht. Grimma ließ keinen davonkommen. Unsichtbar stürmte sie ihnen hinterher und erschlug zwei von hinten. Der letzte ließ sich schreiend zu Boden fallen, rollte sich zusammen wie ein junger Hund und schlug die Hände vors Gesicht. Seine Waffe hatte er längst verloren, sie war gemeinsam mit seinem Verstand auf der Strecke geblieben. Einen Herzschlag lang erwog Grimma, ihn am Leben zu lassen, dann aber erinnerte sie sich an Styrmirs fahles Gesicht, das mit leeren Augen von der Wasseroberfläche in die Tiefe starrte, als suche er dort nach einem besonders schönen Fisch. Die Axt schien in ihrer Hand vor Erregung zu vibrieren. Der Zwerg am Boden konnte sie nicht sehen, zuckte nur zusammen, als die Doppelklinge seine Seite aufriß. Das Leben entwich wie Wasser aus einem leckgeschlagenen Schlauch, und seine Glieder zitterten noch, als der Tod längst an seiner Seite stand.

Grimma verharrte über dem Leichnam und fragte sich mit grotesker Sachlichkeit, weshalb ihr Herz plötzlich in ihren Ohren zu schlagen schien statt in ihrer Brust – da, sie konnte es doch ganz genau hören, ein dumpfes Klopfen, so schnell, daß es fast zu einem einzigen, langgestreckten Ton verschmolz. Sie blickte auf den Toten herab, ohne ihn wirklich zu sehen, als sei er unsichtbar wie sie selbst und mit ihm der Tunnelboden und alles, was darunter lag. Sie schaute geradewegs hinab zum glühenden

Kern der Welt, ein gleißendes Licht, das ihr aus der Tiefe entgegenflammte und mit feurigen Armen nach ihr zu greifen schien. Sie mußte davor davonlaufen, jetzt gleich, so schnell sie nur konnte, weiter nach Süden, dem Ende ihrer Mission entgegen.

Dem Ende entgegen, dachte sie noch einmal, und der Gedanke erfüllte sie mit neuer, ungewohnter Ruhe.

KAPITEL 6

Grimma und ihr Trupp marschierten eilig wie der Wind, der durch den Tunnel streifte, und endlich, nach vielen, vielen Monden, kehrten sie zurück zum Hohlen Berg.« Alberich breitete in einer pompösen Geste die Arme aus, als wollte er selbst die Heimkehrer in die Arme schließen. »Die Krieger wurden unter großem Jubel empfangen, und König Thorhâl begrüßte Grimma wie seine eigene Schwester. Fest schloß er sie in seine Arme und dankte ihr für all die Mühen und Entbehrungen, die sie für das Volk der Zwerge auf sich genommen hatte. Grimma berichtete ihrerseits, was sie und ihre Männer im Nordland vorgefunden hatten. Stolz gab sie

Kunde vom Kampf gegen die verhaßten Nordlinge, und wie es gelungen war, ihnen in der Ruinenstadt den Garaus zu machen. Thorhâl ernannte die Helden, die an Grimmas Seite gekämpft hatten, zu Heerführern, und Grimma selbst sollte fortan seine engste Beraterin sein. Nie zuvor war einer Kriegerin solche Ehre zuteil geworden.«

Mütterchen hatte Mühe, Alberich länger zuzuhören. Nicht, weil er sie langweilte. Der wahre Grund war, daß sie den Boden der Horthalle fast erreicht hatten. Nur noch wenige Stufen, dann würden sie die Oberfläche des Schatzes betreten können. Mütterchens Herzschlag raste beim Anblick des Goldes, und ihre Knie zitterten leicht. Das Räuberblut floß heiß wie eh und je in ihren Adern, und obgleich sie die Wegelagerei seit vielen Jahren aufgegeben hatte und mancher sie für eine Greisin halten mochte (wobei er sich besser hüten sollte, dergleichen auszusprechen), konnte sie ihre alten Instinkte nicht unterdrücken. Am liebsten hätte sie sich sämtliche Taschen mit den Reichtümern der Nibelungen vollgestopft.

Löwenzahn ging Ähnliches durch den Kopf, das sah sie ihm an. Seine schmalen Hunnenaugen waren starr auf die goldene Landschaft gerichtet; sie hatten den Blick einer Katze, die sich im nächsten Moment in totem Fisch wälzen würde.

Allein Geist hatte ihre Sinne ganz auf Alberichs Erzählung gerichtet. Gespannt hatte sie den Berichten von Grimmas Heldentaten gelauscht, und jetzt wollte sie auch den Schluß der Geschichte hören. »Wie ging es weiter, Alberich? Zogen die Zwerge wirklich ins Nordland?«

»O ja, das taten sie. Schon bald nach Grimmas Rückkehr begannen die Vorbereitungen, und wenige Wochen später nahmen Thorhâl und sein Volk Abschied vom Hohlen Berg. Sie verließen das Reich ihrer Väter durch den Zugang zur alten Zwergenstraße und ließen die Hallen und Kammern ihrer Heimat hinter sich. Doch kaum einem war dabei schwer ums Herz, denn alle wußten, daß sie im Norden etwas Besseres erwartete: die Freiheit vor allem, aber auch die Möglichkeit, das Schicksal in die eigene Hand zu nehmen. Grimma marschiert mit Thorhâl an der Spitze des Zuges, und obgleich niemals eine Nachricht aus dem Nordland gen Süden drang, glaube ich doch, daß sie in späteren Jahren selbst den Thron des Zwergenreiches bestieg, denn jedermann liebte sie und verehrte sie für ihre Taten.«

Löwenzahn zeigte mit einer weiten Geste auf den Hort. Er konnte seinen Unglauben ebensowenig verhehlen wie seine Begeisterung für den Schatz. »Und das alles ließen sie einfach zurück?«

»Sonst wäre es ja nicht mehr hier, oder?« gab Alberich beleidigt zurück. Schon der geringste Zweifel an seinem Heldenlied traf ihn zutiefst.

Die vier verließen der Reihe nach die Treppe und betraten die goldgleißende Oberfläche des Hortes. Es knirschte, als sich Diademe und Armreifen unter Löwenzahns enormem Gewicht verbogen. Mütterchen erwartete, daß Alberich den Halbhunnen unter viel Geschrei zurück auf die Treppe jagen würde, doch der Horthüter kümmerte sich nicht um die Zerstörung unter Löwenzahns Stiefelsohlen. Statt dessen schaute er über die Hügel und Täler der Hortlandschaft wie ein Fährtensucher. Bereits von der Treppe aus hatten sie den Hort nach

Eindringlingen abgesucht, dabei jedoch niemanden entdeckt.

Sie entfernten sich einige Schritte vom Fuß der Treppe und erklommen eine doppelt mannshohe Erhebung aus goldenen Weinbechern und Tellern. Auch von dort aus war nichts zu sehen. Ihr erster Eindruck, daß der Hort unangetastet war, bestätigte sich. Allerdings hörten sie immer noch das Knirschen aus der Tiefe der Felswände, verzerrt vom Echo der Halle. Es gab keinen Zweifel, daß die räuberischen Zwerge ihrem Ziel immer näher kamen.

Alberich stampfte wütend mit einem seiner dürren Beine auf und verbeulte dabei einen Goldbecher. Er hob ihn auf, betrachtete ihn naserümpfend und schleuderte ihn zornig davon.

»Du gehst nicht besonders pfleglich mit deinem Hort um«, bemerkte Mütterchen.

»Ich gehe damit um, wie ich es für richtig halte«, gab er gereizt zurück. »Wenn du mir schon gute Ratschläge geben willst, sag mir lieber, wie du an der Stelle dieser Hundesöhne vorgehen würdest.«

»Ich bin kein Zwerg.«

»Du bist eine Räuberin. Und erzähl mir nicht, du hättest noch nie mit dem Gedanken gespielt, dich zu irgendeiner Schatzkammer durchzugraben.«

Mütterchen grinste. »Ich hab's getan, mehr als einmal.«

»Mit dem Gedanken gespielt?« fragte Löwenzahn träge.

»Mich durchgegraben, Holzkopf!« Stolz überkam sie, als sie der alten Zeiten gedachte. »Damals, in den Tagen, als noch alles –«

»Besser war.« Alberich zupfte an seinem Bart. »Sag uns nicht *wann*, sondern lieber *wie*!«

»Mit Spitzhacke und Schaufel natürlich.«

Der Zwerg fuchtelte ungeduldig mit beiden Händen in der Luft umher. »Von oben, von der Seite oder –«

»Von unten«, sagte sie ruhig. »Aber ich gebe zu, das war keine gute Idee.«

»Was ist passiert?« fragte Geist mit spitzem Stimmchen.

»Wir schlugen ein Loch in die Decke unseres Stollens«, erzählte Mütterchen. »Wir hatten geplant, nur einen winzigen Durchbruch zu schaffen und die Goldstücke abfließen zu lassen wie Wasser aus einer Wanne. Aber wir hatten die Stärke der Decke überschätzt. Sie riß ein, sobald wir den ersten Spalt hineingeschlagen hatten, und der Schatz des Grafen ergoß sich über uns. Die Hälfte meiner Männer wurde vom Gold verschüttet, die meisten anderen gefaßt und in den Kerker geworfen.«

»Und du?« fragte Löwenzahn neugierig.

Mütterchen schenkte ihm ein diebisches Grinsen. »Ich habe eine neue Bande um mich geschart, die Burg des Grafen von außen gestürmt und sein Gold durch das offene Tor hinausgetragen. Zusammen mit seinem Kopf auf einer Lanze.«

Geist verzog das Gesicht, doch Mütterchen fügte hinzu: »Herrliche Zeiten waren das. Das Leben im Wald an der Spitze meiner Räuberschar, begehrt von jedem Mann im Umkreis von zwanzig Tagesritten und –«

»Nicht von mir«, warf Alberich sauertöpfisch ein.

»Du bist ein Zwerg.«

»Sind Zwerge etwa keine Männer?« keifte er giftig.

Löwenzahn grölte vor Lachen. »Zwergling, Zwergling ... Wenn Mütterchen wirklich eine solche Schönheit war, wie sie behauptet, hätte sie sich gewiß lieber mit einem richtigen Mann abgegeben als mit einem kleinwüchsigen ... nun, mit einem Zwergling eben.«

Alberichs Stirn war gefurcht wie ein frischgepflügtes Rübenfeld. »Dachtest du da an jemanden Bestimmtes? Vielleicht an einen Hunnenbastard, dessen Hirn im kleinen Finger eines *Zwerglings* Platz finden würde?«

Mütterchen, keineswegs uneitel, kicherte über das Gerangel der beiden. Bevor es jedoch zu Handgreiflichkeiten kommen konnte, ging sie dazwischen. »Horcht, fällt euch etwas auf?«

Alle lauschten.

»Es hat aufgehört«, flüsterte Geist. Und tatsächlich: Das Knirschen war verstummt.

Mütterchen nickte. »Sie arbeiten nicht mehr.«

»Vielleicht sind sie müde geworden«, meinte Löwenzahn.

»Zwerge unterbrechen niemals eine begonnene Arbeit«, sagte Mütterchen und erntete zustimmendes Gegrummel von Alberich. »Sie arbeiten in Gruppen. Wenn die einen verschnaufen, machen die anderen weiter. So besagen es zumindest die alten Überlieferungen.«

»Und wenn sie aufgegeben haben?« schlug Löwenzahn vor.

Mütterchen tat den Einwurf mit einer barschen Handbewegung ab. »Du glaubst, sie sind den langen Weg vom Nordland hierhergekommen, um so kurz vor dem Ziel aufzugeben?«

Geist machte große Augen. »Dann denkst du, sie kommen tatsächlich von dort? Aus der Ruinenstadt?«

»Woher sonst?« Mütterchen blickte Alberich an, doch er hüllte sich in Schweigen. Dann fügte sie hinzu: »Nur daß es vielleicht heute keine Ruine mehr ist. Immerhin ist Alberichs Volk ins Nordland gezogen, um sich dort niederzulassen.«

»Aber wenn das wahr ist«, sagt Löwenzahn nachdenklich, »wenn die Nachkommen von Alberichs Vorfahren zurückkehren, um den Hort für sich zu beanspruchen, dann hätten wir es ja –«

»Mit einem ganzen Volk zu tun«, stimmte Mütterchen zu, »und nicht nur mit einer kleinen Bande.«

Geist schaute unglücklich von einem zum anderen, während Löwenzahn entschlossen seinen Zweihänder von der Schulter nahm und vor sich in den Goldboden rammte.

Alberich schüttelte langsam den Kopf. »Es ist nicht das Volk vom Hohlen Berg, das zurückkehrt«, sagte er fest.

»Woher willst du das wissen?« fragte Mütterchen.

»Gestern nacht, als ich dem ersten Zwerg begegnet bin, habe ich Trommeln gehört.«

»Und?«

»Zwerge schlagen keine Trommeln.«

»Vielleicht haben sie in zweihundert Jahren ihre Gewohnheiten geändert«, entgegnete Mütterchen schulterzuckend.

»Nein. Niemals. Zwerge schlagen keine Trommeln«, wiederholte er stur.

»Wer dann?« fragte Geist.

Alberich holte tief Luft. »Nordlinge.«

Mütterchen musterte ihn überrascht. »Du glaubst, Nordlinge sind in der Nähe? Hier, im Hohlen Berg?«

Löwenzahn kratzte sich am Kopf. »Ich dachte, diese Grimma hat alle erschlagen?« Niemand hielt es für nötig, darauf zu antworten.

Mütterchen spann Alberichs Gedanken weiter. »Wenn sich irgendwo dort unten tatsächlich Nordlinge herumtreiben, was hat es dann mit den Zwergen auf sich, die uns angegriffen haben? Ich dachte, sie und die Nordlinge sind Todfeinde?«

Alberichs Gesicht war so grau geworden wie sein Bart. »Sie sind ihre Sklaven. Sie arbeiten und kämpfen für sie.«

»Zwerge als Sklaven?« fragte Löwenzahn erstaunt.

Aus Mütterchens Blick sprach mit einemmal Argwohn. »Alberich«, sagte sie in rüdem Tonfall, »du hast uns doch die Wahrheit versprochen. Bist du uns vielleicht noch etwas schuldig?«

Der Zwerg wand sich unter ihrem strafenden Blick wie ein Kind, das mit dem Finger im Eingemachten ertappt worden war. Er rang sichtlich nach Worten.

Geist trat unruhig von einem Fuß auf den anderen. »Kann mir irgendwer erklären, was das alles zu bedeuten hat?«

Alberich schaute auf und sah dem Moosfräulein geradewegs in die hellblauen Augen. »Es bedeutet«, sagte er dumpf, »daß meine Ahnen im Nordland nicht das gefunden haben, was sie sich erhofften.« Nach einer Pause fügte er hinzu: »Oder daß sie niemals dort angekommen sind.«

Das Knirschen begann von neuem, und nun bemerkten alle mit Schrecken, daß es lauter geworden war. Auch die Richtung ließ sich jetzt ausmachen. Besser: die Richtungen. Denn die Laute drangen an zwei entgegengesetzten Stellen aus dem Schatz empor.

»Sie nehmen uns in die Zange«, stieß Löwenzahn aus und schaute sich alarmiert um.

»Nicht uns«, sagte Mütterchen. »Den Hort. Und mit ziemlicher Sicherheit planen sie noch weitere Vorstöße. Um all das Gold von hier fortzubringen, werden sie mehr als nur zwei Wege brauchen.«

Geist nickte. »Die Zwerge, die das Moos getötet haben, drüben in der Wasserhöhle ... «

»Nur ein Trupp von vielen«, vermutete Mütterchen. »Wahrscheinlich sind sie schon überall und treiben aus allen Richtungen Stollen hierher. Und sie sind unglaublich schnell!«

»Zwergenwissen«, murmelte Alberich.

Mütterchen sah ihn mit erhobener Braue an. »Was meinst du damit?«

»Sie benutzen nicht einfach nur Hammer, Meißel und Spitzhacke«, erklärte Alberich, »sondern die alten Minenbohrer meines Volkes.«

»Könntest du dich wohl etwas klarer ausdrücken?« verlangte Mütterchen ungeduldig.

»Wir Zwerge graben uns in die Berge, seit die Götter die Welt zur Scheibe formten und dabei die ersten Gebirge schufen. Schon vor unzähligen Generation, als noch die frühen Völker über die Gipfel wandelten, begannen einige unserer klügsten Köpfe mit dem Bau gewisser Hilfsmittel.«

»Magie?« entfuhr es Löwenzahn erschrocken. Dann fiel ihm ein, daß er damit Geist beleidigt haben könnte. Doch das Moosfräulein schaute nur Alberich an und hörte aufmerksam zu.

»Keine Magie«, widersprach der Horthüter kopfschüttelnd. »Uraltes Wissen, zu etwas Neuem geformt. Viele kluge Einfälle, zusammengebracht zu etwas, das es vorher nicht gab.«

»Du sprichst in Rätseln«, sagte Mütterchen unwirsch.

»Bei allem Gold des Nordlandes!« fluchte Alberich. »Wie soll ich es denn sonst erklären?«

»Wie sehen diese Hilfsmittel aus?« fragte Geist.

»Sie sind aus Holz und Stahl. Vor allem aus Stahl, vielfach gehärtet, stärker als die beste Klinge und so scharf, daß schon ein Blick darauf verletzen kann.«

»Dein Stolz auf die Errungenschaften deiner Ahnen ehrt dich«, sagte Mütterchen. Schärfer fügte sie hinzu: »Aber wir haben nicht mehr viel Zeit.«

»Die meisten haben Räder«, erwiderte Alberich säuerlich, »andere riesige Kessel. Vorne sind Spitzen, die sich drehen und den Fels wie Butter durchdringen.«

Noch immer konnte sich keiner vorstellen, wie solch ein Ding aussehen sollte.

Mütterchen horchte auf das unheimliche Knirschen und wandte sich abermals an Alberich: »Haben deine Vorfahren diese seltsamen Hilfsmittel mitgenommen, als sie von hier fortgingen?«

Der Horthüter schüttelte den Kopf. »Sie sind viel zu schwer, um sie einen so langen Weg zu schieben.«

»Also gibt es noch welche davon hier im Berg?«

»Gewiß.«

Mütterchen packte ihn an den Schultern. »Wo genau sind diese Geräte?«

»Einige stehen noch in den alten Minen, dort, wo sie zuletzt eingesetzt wurden. Aber die meisten befinden sich in einem großen Saal in der unteren Ebene.«

»Wie weit ist das von hier?« fragte Mütterchen.

Alberich dachte nach. »Nun, erst einmal ein halber Tag bis hoch zur Plattform. Vom Eingang der Horthalle aus ist es dann nicht mehr allzu weit – zumindest im Vergleich zum Aufstieg.«

»Du willst wirklich dorthin und dir dieses alte Gerümpel ansehen?« fragte Löwenzahn Mütterchen verwundert.

Die alte Räuberin verzog das Gesicht. »Alberich hat gesagt, diese Geräte sind zu schwer, um sie aus dem Nordland hierher zu schaffen. Wenn die Nordlinge und ihre Zwergensklaven sie dennoch einsetzen, muß das bedeuten –«

»Daß sie von hier stammen«, führte Alberich den Satz erschrocken zu Ende. »Hier aus dem Berg!«

Mütterchen nickte grimmig. »Die Nordlinge müssen als erstes diesen Saal aufgesucht haben, von dem du gesprochen hast. Das heißt, daß zumindest einige unter ihnen sind, die sich hervorragend im Hohlen Berg auskennen. Und es heißt weiterhin, daß es von diesem Saal aus höchstwahrscheinlich einen direkten Zugang zur alten Zwergenstraße gibt.«

Alberich legt den Kopf schief. »Das ist nicht der Zugang, den ich kenne.«

»Dann verrat' uns endlich, wo der Haupteinstieg liegt!« fuhr Mütterchen ihn scharf an.

Alberich zeigte auf seine Fußspitzen. »Ihr steht gerade darauf.« Mütterchen riß die Augen auf, und der Zwerg grinste verlegen. »Der Zugang zum Tunnel liegt unter dem Hort, und niemand wird ihn je von unten öffnen können. Thorhâl ließ einen Weg durch das Gold graben, um sein Volk hindurchzuführen. Anschließend wurden die Stützen zum Einsturz gebracht. Der Schatz hat den Zugang für immer verschüttet.«

»Bis wieder einer kommt und gräbt«, sagte Löwenzahn.

»Es gibt kein Zwergenvolk mehr im Hohlen Berg«, entgegnete Albrich. »Einer allein, selbst eine Schar von fünfzig oder hundert Arbeitern müßte jahrelang graben, um das Tor freizulegen.«

Mütterchen zog scharf die Luft ein. »Also haben die Nordlinge von ihren Zwergensklaven einen neuen Stollen vom Tunnel aus zu diesem Saal graben lassen, in dem die Minenbohrer aufbewahrt werden. Sie wußten, daß sie den Hauptzugang nicht auf normalem Wege öffnen können, darum versuchen sie es nun auf andere Weise. Sie haben die Bohrer hinab in die Zwergenstraße geschafft und treiben sie nun von unten durch die Tunneldecke geradewegs in den Boden der Horthalle. Sie öffnen das Tor mit Gewalt.«

Der Weg die Treppe hinauf beraubte sie fast ihrer letzten Kräfte. Auf dem oberen Drittel des Weges trug Löwenzahn Geist auf seinen Schultern, das Moosfräulein konnte vor Erschöpfung kaum mehr sprechen. Alberich und Mütterchen stöhnten und schimpften, doch als Löwenzahn sich erbot, auch die Räuberin zu tragen, lehnte sie beleidigt ab.

Diesmal gab es unterwegs keine Geschichte, die ihnen die Zeit vertrieb, und so wurde der Marsch zu einer eintönigen, kräftezehrenden Tortur. Sie hatten gehofft, am Grunde der Horthalle auf ihre Feinde zu stoßen und den Kampf ein für allemal zu entscheiden. Statt dessen aber hatte sich der Abstieg als sinnlos erwiesen, und nicht nur Mütterchen schäumte darüber vor Wut.

Dennoch, als sie endlich oben ankamen, war jeglicher Zorn verraucht. Mütterchen war froh, daß sie sich noch auf den Beinen halten konnte. Sie hatten keine andere Wahl, als auf der Plattform eine Weile zu verschnaufen. Müdigkeit stellte sich ein, denn über die Ufer des Rheins war mittlerweile tiefste Nacht hereingebrochen. Geist hatte ein wenig auf Löwenzahns Schultern geschlafen und wirkte von allen noch am muntersten. Auch der Halbhunne hielt sich bemerkenswert gut, während Alberich und Mütterchen tapfer gegen ihre Schläfrigkeit ankämpften. Doch Mütterchen wußte: Wenn sie noch eine Weile aushielten, würde der schlimmste Punkt überschritten sein. Danach würden ihre Körper für einen neuen Kräfteschub sorgen.

Alberich führte sie vom Portal der Horthalle aus einen Gang hinab in die verlassenen Zwergenminen. Die grob gehauenen Stollen waren erstaunlich breit und wurden von hölzernen Stützbögen gehalten. Alberich erklärte, daß die meisten Stollen in Form eines Sterns auseinanderliefen, in dessen Zentrum sich die Halle mit den alten Gerätschaften der Zwerge befand.

Gelegentlich blieben die vier Gefährten stehen und lauschten auf die Trommeln der Nordlinge, doch nie hörten sie etwas anderes als ihren eigenen hastigen Atem und das dumpfe Knirschen der Minenbohrer in der Tiefe des Berges.

»Dort vorne«, sagte Alberich, als der Bergwerksgang steiler nach unten führte. In weiter Ferne mündete er in eine breitere Grotte. »Das ist die Kreuzung, an der die meisten Stollen zusammenlaufen. Hinter einem Tor liegt die Halle der Minenbohrer.«

Vorsichtig huschten sie weiter, eng an die Wände gepreßt, Schwerter und Goldgeißel fest in den Händen. Nur Geist war unbewaffnet. Sie hielt sich eng hinter Löwenzahn.

Sie hatten die Hälfte des Weges zurückgelegt, als ihnen Lärm entgegentönte.

»Du hattest recht«, zischte Alberich Mütterchen zu. »Sie verschieben die Bohrer.«

Mütterchen horchte aufmerksam. Es war ein lautes Knirschen wie von Stein, der unter riesigen Rädern zermahlen wurde. Die Bohrer mußten gewaltig sein. Sie fragte sich, ob nicht doch ein wenig der alten Albenmagie im Spiel gewesen war, als diese Geräte erschaffen worden waren.

Sie erreichten die Kreuzung und blickten aus ihren Verstecken hinter den Felskanten durch ein breites Tor, größer noch als das der Horthalle. Der Saal dahinter war niedrig, aber weitläufig. Zu beiden Seiten standen in langen Reihen die Minenbohrer. Sie sahen aus wie Drachen aus Holz und Stahl, etwa zweimal so hoch wie ein Pferd und ebenso lang, gebuckelte Formen, die auf brusthohen Rädern ruhten. An den Vorderseiten waren Rammböcke angebracht – zumindest hielt Mütterchen sie dafür –, deren Enden in stählernen, vielfach gewundenen Spitzen ausliefen. Nordlinge oder Zwerge waren nirgends zu entdecken. Der Lärm hatte seine Quelle offenbar im hinteren Teil der Halle, der von hier aus nicht einzusehen war. #

»Wie sollen wir vorgehen?« fragte Mütterchen.

Löwenzahn tätschelte zärtlich den Knauf seines Zweihänders. »Wir gehen rein. Wir erschlagen sie. Wir haben gewonnen.«

»Sehr klug«, giftete Alberich. »Wirklich sehr, sehr klug.«

Mütterchen zuckte mit den Achseln. »Wie es aussieht, haben wir gar keine andere Möglichkeit, oder?«

»Aber wir sind nur zu viert«, gab Alberich zu bedenken.

»Vergiß nicht, daß wir Geist bei uns haben.« Mütterchen warf dem Moosfräulein einen stolzen Blick zu. »Mit ihren Fähigkeiten sind wir kaum zu schlagen. Sie hat bewiesen, daß sie besser kämpft als jeder andere von uns.«

Geist schaute betroffen zu Boden. »*Kämpfen*, du liebe Güte! Ich bin doch keine Kriegerin!«

»Immerhin hast du unser aller Leben gerettet«, erwiderte Mütterchen.

»Das war ... «, begann Geist, verstummte kurz und begann von neuem. »Das war nicht mein Verdienst. Es ist einfach geschehen, versteht ihr? Ich wußte doch gar nicht, was ich da tat. Es waren die Pflanzen. Es war das Moos.«

Löwenzahn fuhr sich durch seine schwarze Haarmähne. »Das begreife ich nicht.«

Geist tapste unruhig von einem Fuß auf den anderen. Sie sah aus, als kämpfte sie mit den Tränen. »Ich habe die ganz Zeit darüber nachgedacht. Ich glaube, ich weiß jetzt endlich, was geschehen ist.«

»Es ist die Magie des Drachen in dir«, sagte Alberich ungeduldig. Immer wieder schaute er sich besorgt zum Tor der Halle um.

»Laß sie ausreden!« fuhr Mütterchen ihn an und tätschelte Geists bemoosten Handrücken.

»Alberich hat recht«, bestätigte Geist, »es *ist* die Magie. Aber nicht immer habe ich Einfluß darauf. Was in dieser Grotte geschehen ist, das war nicht mein Tun. Oder zumindest nicht meines allein.« Sie rang verzweifelt nach Worten. Mütterchen lächelte ihr beruhigend zu, während Alberich immer ungeduldiger wurde. »Das Moos an den Wänden, die Pflanzen in dieser Höhle, sie haben *durch* mich gewirkt. Ich war ihre Waffe. Die Zwerge hatten Teile des Mooses vernichtet und damit die Pflanzen gegen sich aufgebracht. Ihr Zorn hat mich verwandelt, hat mich zu dem gemacht, was ihr gesehen habt, diesem Ding an der Decke, das mit seinen Ästen tötet wie Löwenzahn mit seinem Schwert.« Nun weinte sie wirklich, doch als Mütterchen sie tröstend in den Arm nehmen wollte, schüttelte das Moosfräulein den Kopf. »Ich trage das Erbe des Drachen in mir, aber ich weiß nicht, ob es wirklich ein Segen ist. Ich habe keine Macht darüber. Es tut mit mir, was es will, die Pflanzen tun mit mir, was sie wollen. Ja, vielleicht könnte ich kämpfen, vielleicht könnte ich noch mehr Zwerge töten, sogar einige dieser Nordlinge. Aber keiner fragt mich, ob ich töten *will*. Das Moos an den Wänden hat es gewollt, und es hat mich dazu gebracht, seinem Willen zu gehorchen. Aber was, wenn es dort, wo wir auf unsere Gegner treffen, kein Moos gibt, keine Pflanzen, die diese Mächte in mir steuern?« Sie schüttelte bedrückt den Kopf. »Ich allein kann es nicht.«

Mütterchen versuchte nachzufühlen, was tatsächlich in Geist vorging, welche Qualen sie litt. Alberich aber war ein Mann der Tat, und für ihn zählte im Augenblick nur die Vertreibung der Nordlinge. »Heißt das«, fragte er unwirsch, »solange kein Grünzeug in der Nähe ist, kannst du nichts tun, als dich von Löwenzahn auf den Schultern herumtragen zu lassen?«

»Alberich!« zischte Mütterchen warnend. Auch Löwenzahn starrte den Zwerg zornig an und wollte gerade etwas sagen, als Geist ihm zuvorkam:

»Das heißt es, ja. Ich bin für euch ohne jeden Nutzen.«

»Ohne Nutzen?« wiederholte Mütterchen fassungslos. »Mein Gott, Kindchen, wir sind Freunde! Seit wann wird sowas an Nutzen gemessen?«

Geist hob die Schultern. »Weiß nicht. Ich hatte noch nie Freunde.« Bis vor zwei Jahren hatte sie völlig vereinsamt im Wald gehaust, und jeder der drei anderen wußte das. Sogar Alberichs Gesichtsausdruck wurde plötzlich weich und milde, und er trat auf das Moosfräulein zu, legte ihm eine Hand auf die Schulter und sagte: »Verzeih mir. Ich war aufgeregt. Wir werden bald gegen einen Feind antreten, der vor zweihundert Jahren mein ganzes Volk unterworfen hat. Meine Worte waren unbesonnen.«

»Allerdings«, rügte Mütterchen ihn scharf. Zu Geist sagte sie sanfter: »Wir werden es auch ohne deine Kräfte schaffen, verlaß dich darauf. Nicht wahr, Löwenzahn?«

Der Halbhunne grinste schief. »Aber sicher.«

»Dann laßt uns gehen«, entschied Mütterchen. »Willst du lieber hierbleiben, Kindchen?«

Geist schüttelte vehement den Kopf. »Ich komme mit. Ich will bei euch sein.«

Damit war ihr Vorgehen beschlossene Sache. Ohne länger zu zögern, schlichen sie über die leere Stollenkreuzung und durch das Tor der Halle. Der Lärm war gedämpfter geworden, und bald erkannten sie auch den Grund.

Am entgegengesetzten Ende der Halle klaffte eine Öffnung in der Wand, grob aus dem Fels geschlagen, mit gezackten Rändern wie gewaltige Kiefer. Gerade noch sahen die Gefährten in diesem Schlund einen der Minenbohrer verschwinden, geschoben von einem halben Dutzend Zwerge. Wachen gab es keine in der Halle, offenbar setzten die Nordlinge jeden ihrer Lakaien für die Grabungsarbeiten ein. Das Knirschen der Räder wurde leise, dann hatte der abschüssige Stollen jenseits der Öffnung das schwere Bohrgerät und die sechs Zwerge verschluckt.

Mütterchen und die anderen schauten sich fasziniert um. Mindestens zehn weitere der plumpen Geräte standen noch in zwei Reihen zu beiden Seiten der Halle. Die riesigen Rammböcke mit ihren Korkenzieherspitzen wirkten aus der Nähe viel gefährlicher als von weitem.

Mütterchen hatte nicht die geringste Ahnung, wie die Minenbohrer arbeiteten, doch ihre Achtung vor Alberichs Vorfahren wuchs. Der Zwerg wiederum schien das Staunen seiner Freunde zu genießen.

Nach einem Augenblick zogen sich die Gefährten in den Schatten eines der Bohrer zurück.

»Wie viele davon gab es hier ursprünglich?« flüstert Mütterchen.

»Sechzehn«, erwiderte der Horthüter leise. »Dazu noch jene, die damals in den unfertigen Stollen stehengeblieben sind.«

»Die werden wahrscheinlich noch an Ort und Stelle sein. Es dürfte einfacher sein, sich hier zu bedienen, als diese Kolosse im ganzen Berg zusammenzusuchen. Das bedeutet, daß fünf wahrscheinlich schon im Einsatz sind, dazu bald noch ein sechster.«

»Die Zwerge in der Moosgrotte hatten aber nur Spitzhacken dabei«, sagte Geist.

»Zu wenig Platz für einen der Bohrer«, mutmaßte Mütterchen. »Vielleicht versuchen sie es auf unterschiedlichen Wegen. Weiß der Teufel, was in den Köpfen der Nordlinge vor sich geht. Sicher scheint mir aber zu sein, daß fünf Tunnel bereits in Arbeit sind. Zwei Bohrer haben wir in der Horthalle gehört, was hoffentlich bedeutet, daß die drei anderen noch zu weit entfernt waren.«

»Und nun?« fragte Alberich. »Gehen wir endlich hinterher und erschlagen die Bastarde?«

»Immer mit der Ruhe«, beschwichtigte ihn Mütterchen. Sie deutete auf den Bohrer, neben dem sie sich versteckten. »Weißt du, wie man mit diesen Dingern umgeht?« fragte sie Alberich.

Der Horthüter nickte, ohne zu begreifen, auf was sie hinauswollte.

Mütterchen blickte zu der Öffnung, die die Nordlandzwerge in die Hallenwand gebrochen hatten. Niemand war zu sehen.

Hastig erklärte sie den anderen ihren Plan. Alberich blieb argwöhnisch (vermutlich, weil er nicht selbst darauf gekommen war), doch Löwenzahn zeigte sich begeistert, vor allem, weil das Gelingen von Mütterchens List allein von ihm abhing. Er liebte es, sich vor seinen Freunden zu beweisen, und wie es aussah, würde sich ihm bald die beste Gelegenheit dazu bieten.

Die sechs Nordlandzwerge hatten ihre Last gerade aus dem Stollen hinaus in die Weite des Tunnels geschoben, als hinter ihnen Lärm laut wurde. Ihr Köpfe ruckten herum. Aus ihren Kehlen löste sich ein vielstimmiger Aufschrei, als sie sahen, was hinter ihnen den Stollen herabdonnerte – geradewegs auf sie zu.

Der Minenbohrer rollte mit enormer Geschwindigkeit aus dem Stollenausgang, rammte seine Spitze in den Rükken des vorderen Gerätes und riß ihn auseinander. Die Zwerge, die sich zwischen den beiden Holz- und Stahlgiganten befanden, versuchten sich mit weiten Sprüngen in Sicherheit zu bringen, doch nur zweien gelang es. Die vier anderen wurden zwischen den schweren Geräten zerquetscht, und ihr Kreischen verhallte abrupt. Der vordere Minenbohrer brach in Stücke, sein Rammbock löste sich aus der Verankerung und polterte mit einem ohrenbetäubenden Krachen zu Boden.

Im Stollenausgang standen die vier Gefährten, bewaffnet und kampfbereit mit Ausnahme von Geist. Löwenzahns Kleidung war durchnäßt vom Schweiß, und seine Klinge zitterte leicht. Den riesigen Minenbohrer ganz allein den Stollen hinabzuschieben war selbst für ihn fast zuviel gewesen. Doch Geists aufmunterndes Lächeln hatte ihm immer dann neue Kraft gegeben, wenn er geglaubt hatte, aufgeben zu müssen. Irgendwann hatte das Gerät in dem abschüssigen Gang durch sein eigenes Gewicht soviel Schwung entwickelt, daß die Mühsal erträglicher wurde. Als der Minenbohrer schließlich hinaus auf die Zwergenstraße gerollt war, war das beinahe ohne Löwenzahns Zutun geschehen.

»Grundgütiger«, brummte Mütterchen jetzt, als sie hinaus in den Tunnel blickte, »seht euch das an!«

Sie befanden sich kurz vor dem Ende der Zwergenstraße. Fünfzig Schritte weiter südlich erhob sich die Geröllrampe, die zum einstigen Zugang hinaufführte. An ihrem Fuß befand sich ein mannshoher Haufen aus Gold und Geschmeide, Teile des Hortes, die beim Schließen des Tores vor zweihundert Jahren hinabgefallen waren; die Nordlinge hatten sie aufsammeln lassen, damit nicht das kleinste Stück verlorenging. Fünf Stollen, das Werk der Minenbohrer, schnitten rund um die Rampe ins Gestein der Tunnelwände. Anders als Mütterchen erwartet hatte, versuchten die Nordlinge nicht, die Bohrer geradewegs durch die riesige steinerne Falltür in der Decke zu treiben. Offenbar waren die Geräte zu schwer, um sie in derart steilem Winkel anzusetzen. Statt dessen führten die fünf Stollen mit vergleichsweise sanfter Steigung in die Seitenwände der Zwergenstraße. Die plumpe Form der Bohrer machte es unumgänglich, die Tunnel wie Spiralen nach oben zu schrauben, nicht zu steil, damit die Zwerge, die die Bohrer schoben, nicht unter deren Last zerdrückt wurden. Nur deshalb dauerten die Arbeiten so lange, und allein diesem Umstand hatten die Gefährten es zu verdanken, daß die Feinde noch nicht bis zum Hort vorgedrungen waren.

»Die müssen schon seit einer halben Ewigkeit hier unten zugange sein«, entfuhr es Alberich atemlos.

Mütterchen wollte etwas erwidern, doch im selben Augenblick entdeckte sie vier Nordlinge, die, angelockt vom Lärm der kollidierenden Minenbohrer, aus einem der Stollen gelaufen kamen. Die Krieger trugen Kleidung aus Fell und Eisenschalen, jener Löwenzahns nicht unähnlich. Ihre vor dem Gesicht geschlossenen Helme hatten schmale Augenschlitze, obenauf erhoben sich mächtige Hörnerpaare. Alle vier waren mit wuchtigen Breitschwertern bewaffnet.

»Zurück in den Stollen!« wies Mütterchen die anderen an. Die Freunde zogen sich zurück und beobachteten aus ihrem Versteck, wie die vier Krieger sich zögernd dem zerschmetterten Minenbohrer näherten. Das zweite Gerät, jenes, das Löwenzahn geschoben hatte, stand über den Trümmern wie eine triumphierende Urzeitbestie. Die beiden überlebenden Zwerge kauerten verletzt am Boden, der eine schleppte sich gerade zurück zu den Resten des Bohrers, um nach seinen toten Kameraden zu sehen.

Die Nordlinge erreichten die Trümmer. Einer stieß den kriechenden Zwerg grob mit dem Fuß zur Seite, ein anderer lief eilig davon und verschwand in einem der Stollen. Mütterchen fluchte im stillen. Sobald der Krieger seine Befehlshaber über den Vorfall in Kenntnis gesetzt hatte, würde es hier unten von Nordlingen nur so wimmeln. Sie hatte gehofft, ihre Gegner einzeln oder in kleinen Gruppen überraschen zu können; mit einer ganzen Heerschar aber würden sie es schwerlich aufnehmen können.

»Sie sind nur noch zu dritt«, zischte sie den anderen entschlossen zu. »Jetzt oder nie!«

Und schon stürmten Löwenzahn und Alberich vor, Mütterchen lief hinterher. Geist blieb am Eingang des Stollens zurück und schaute sich angestrengt nach einer Spur von pflanzlichem Leben um, irgend etwas, das ihr helfen würde, die Mächte, die in ihr schlummerten, aufzuwecken und einzusetzen. Doch hier unten gab es nicht einmal Schimmelpilze.

Alberich ließ die Goldgeißel klirrend über seinem Kopf kreisen, aber Löwenzahn war schneller. Seine Erschöpfung war geschwunden. Mit weiten Schritten raste er auf den ersten Nordling zu. Löwenzahn war ihm an Größe ebenbürtig, dabei sogar noch eine Spur breitschultriger. Einem Zwerg mußten die Männer aus dem Nordland wie Riesen erscheinen, doch für den Halbhunnen waren sie gleichberechtigte Gegner.

Löwenzahn mochte nicht besonders gewitzt sein, und manchmal stand seine Verliebtheit klaren Entscheidungen im Wege, doch mit dem Schwert vermochte er umzugehen wie kaum ein anderer. Der Nordling riß seine Waffe hoch und parierte Löwenzahns Hieb im letzten Moment, geriet dabei aus dem Gleichgewicht und stolperte nach hinten. Bevor Löwenzahn nachsetzen und zustoßen konnte, sprang bereits ein zweiter Nordlandkrieger herbei und attackierte ihn mit einer Serie heftiger Schläge und Stiche. Kurz sah es aus, als würde Löwenzahn unterliegen, doch dann gelang ihm ein Ausbruch aus seiner Defensive, er sprang vor, führte einen Stoß nach dem Hals des Gegners, nutzte dessen Abwehrschlag und zog sein Schwert in einer Drehung hinab zur Hüfte des Nordlings. Die Klinge des Zweihänders fuhr durch Fellwams und Fleisch des Kriegers, der Mann schrie unter seinem Helm dumpf auf, dann tötete Löwenzahn ihn mit einem zweiten Hieb in die Seite.

Alberich schlug mit der Goldgeißel auf den dritten Nordling ein. Die vergoldeten Stachelkugeln krachten gegen den Brustpanzer des Kriegers, brachten ihn jedoch eher aus der Fassung als in echte Bedrängnis. Bald schon ließ der Mann sein Schwert herumwirbeln und drang damit auf den Horthüter ein. Die Geißel war eine hervorragende Waffe zum Angriff, doch zur Parade war sie denkbar ungeeignet. Alberich fing zwei Schläge mit dem Stahlgriff ab, mußte dann jedoch mehrere Schritte zurückweichen. Im selben Augenblick sprang Mütterchen an seine Seite. An Kraft hatte sie dem Nordling nichts entgegenzusetzen, doch was das Geschick mit der Klinge anging, war sie ihm durchaus gewachsen. Schneller, als ihr greises Äußeres es vermuten ließ, tauchte sie unter einem Angriff hinweg und rammte dabei ihre Spitze ins rechte Bein des Kriegers, oberhalb seines Knies. Der Mann brüllte vor Zorn und Schmerz, fegte Mütterchen mit einem wütenden Handschlag beiseite, holte aus, um sie zu erschlagen – und wurde von Alberichs Goldgeißel kraftvoll am Helm getroffen. Der eiserne Gesichtsschutz zerriß unter dem Anprall der ersten Kugeln wie Papier, die Stacheln der nächsten zerfetzten sein Nase und Augenpartie. Mütterchen stieß noch im Liegen ihr Schwert nach oben und tötete den Nordling mit einem geraden Stich in die Eingeweide.

Derweil hatte sich Löwenzahn jenem Nordling zugewandt, der unter seinem ersten Angriff zu Boden gestürzt war. Das Duell zwischen beiden war schnell entschieden. Löwenzahns Zweihänder fuhr mit unglaublicher Kraft in die Schulter des Mannes, schnitt schräg hinab bis in die Brust. Der Schlag fällte den Nordling wie eine Handpuppe, aus der ein Puppenspieler seine Finger zieht; stumm und leblos sackte der Krieger zusammen.

Mütterchen packte einen der beiden verschüchterten Zwerge am Kragen. »Wie viele von diesen Kerlen gibt es hier unten? Los, rede!«

Der Zwergenarbeiter versuchte vergeblich, Worte zu formen. Der Schreck saß ihm zu tief in den Knochen. Wahrscheinlich hatte er nie zuvor erlebt, daß einer seiner Herren erschlagen wurde, geschweige denn gleich drei auf einmal.

Alberich drängte Mütterchen zur Seite. »Laß mich das machen.« In der kehligen, hastigen Sprache seines Volkes redete er auf den Zwerg am Boden ein, und es vergingen nur Augenblicke, da erhielt er eine Antwort.

»Dreißig Nordlinge«, übersetzte Alberich für die anderen, »und etwa sechzig Zwerge.«

»Neunzig!« entfuhr es Mütterchen. Sie war kreidebleich geworden. Auch Löwenzahn verzichtet auf aufmunternde Parolen; eine solche Zahl erschreckte selbst ihn.

Geist trat neben sie. »Es gibt hier unten keine Pflanzen.

Nicht einmal eine Spur davon«, sagte sie in einem Tonfall, als sei es nötig, sich dafür zu entschuldigen.

Aus dem Bohrerstollen, in dem der vierte Nordling verschwunden war, erklangen jetzt Geräusche. Das Schaben von Schritten, Befehle in einer fremden, unverständlichen Sprache. Noch war niemand zu sehen.

»Wenn wir den Bohrer hineinschieben«, begann Löwenzahn und deutete auf den unversehrten Koloß, aber Mütterchen unterbrach ihn: »Keine Zeit. Außerdem könntest selbst du ihn nicht gegen einen Ansturm der Nordlinge halten.« Ihre Gedanken überschlugen sich. »Alberich, frag den Zwerg, welche der beiden Stollen zu jenen Bohrern führen, die als erste zur Horthalle vorstoßen werden.«

Alberich tat es und wies bald darauf auf zwei der Stolleneingänge. Jener, in dem die Nordlinge immer näher kamen, war nicht darunter. Trotzdem bestand nicht der geringste Zweifel, daß sich auch in den übrigen feindliche Krieger aufhielten, ganz abgesehen von Dutzenden von Zwergen.

Mütterchen eilte zu einem der Eingänge, über den sie noch nichts wußten. Im Näherkommen erkannte sie, daß daraus ein Wasserlauf strömte, zwei Schritte breit und etwa fingertief. Am Boden des Tunnels verzweigte sich das Wasser in eine Vielzahl schmaler Rinnsale und verschwand in Spalten und Löchern.

»Was ist hiermit?« fragte sie und nickte dem Zwergenarbeiter zu.

Er verstand auch ohne Übersetzung und redete eilig auf Alberich ein.

»Ein Fehlschlag«, sagte der Horthüter. »Der Stollen ist

verlassen. Der Minenbohrer ist vor einigen Tagen auf Wasser gestoßen. Die Nordlinge gaben Befehl, ihn stehenzulassen, und zogen die Arbeiter in die anderen Stollen ab. Unser Freund hier sagt, etwas Ähnliches sei schon einmal passiert, vor ungefähr zwei Wochen.« Alberich deutete auf den letzten Stollen. Auch dort glitzerte Feuchtigkeit, allerdings sehr viel weniger. »Ich nehme an, sie sind auf den See in der Moosgrotte gestoßen. Deshalb war soviel von dem Wasser abgelaufen.«

»Der Strudel«, murmelte Geist gedankenverloren.

Alberich nickte. »Weil die Bohrerspitze noch in der Öffnung steckt, läuft das Wasser nur langsam ab.«

»Wartet, wartet«, sagte Löwenzahn schwerfällig. »Die Nordlinge sind zweimal auf Wasser gestoßen, nicht wahr? Das da« – er zeigte auf den Stollen mit dem schwächeren Rinnsal – »kommt aus der Moosgrotte.« Er drehte sich um zu dem anderen Stollen, aus dem der Bach strömte. »Woher aber stammt dann dieses Wasser?«

»Mir fällt nur eine Möglichkeit ein«, meine Mütterchen und horchte zugleich auf den Lärm der Nordlinge. Der Fels verzerrte das Echo, es war unmöglich zu sagen, wie nahe sie bereits waren.

Alberich wurde immer unruhiger. »Sie sind mit den Bohrern zu weit nach Westen vorgestoßen, außerdem viel zu weit nach oben.« Er verzog das Gesicht zu einem grimmigen Lächeln. »Weil sie keine Ahnung von dem haben, was sie tun.«

»Zu weit nach Westen«, wiederholte Geist leise, »zu weit nach oben. Heißt das, am Ende dieses Stollens fließt –«

»Der Rhein«, führte Mütterchen den Satz zu Ende.

»So, wie es aussieht, hat nicht viel gefehlt, und unsere Freunde hätten den ganzen Tunnel unter Wasser gesetzt.«

Und alle, sogar Löwenzahn, hatten plötzlich den gleichen Gedanken.

Geist huschte ganz allein durch die Halle der Minenbohrer, vorbei an den Reihen der schlummernden Kolosse. Sie fürchtete sich beim Anblick dieser bedrohlichen Monstrositäten (oder blickten vielmehr *sie* auf Geist?), und es hätte sie kaum verwundert, wären sie mit einemmal reihum zum Leben erwacht, um Jagd auf sie zu machen.

Sie erreichte das Portal der Halle, ohne aufgehalten zu werden, nicht von Nordling, Zwerg oder Bohrungetüm. Noch einmal schaute sie zurück über den breiten Gang zwischen den Bohrern, zerfurcht von Rädern, die so hoch waren wie Geist selbst. Ein sonderbares Gefühl beschlich sie, die Vorstellung, daß all dies zweihundert Jahre lang unberührt dagestanden hatte und dabei doch so aussah, als wartete es nur darauf, erneut mit Leben erfüllt zu werden.

Sie schüttelte sich, als eine Gänsehaut unter ihren Moospelz kroch. Mit einem Blinzeln, um sich vom geisterhaften Bild der verlassenen Halle zu befreien, warf sie sich herum und sprang durch das offene Tor. Die riesigen Flügel waren aus Stein und ließen sich nur mit Hilfe eines komplizierten Zwergenmechanismus bewegen. Eine eiserne Kurbel an der Außenseite mußte betätigt werden, um ihn in Gang zu setzen.

Geist war überrascht; nach all der Zeit war die Eisenkurbel weder eingerostet noch verkantet. Sie mußte dennoch all ihre Kraft einsetzen, um den Hebel zu drehen. Tief im Felsen setzten sich mit einem Knirschen, gefolgt von leisem Surren, gewaltige Zahnräder in Bewegung. Langsam, sehr langsam, schoben sich die gewaltigen Steinflügel aufeinander zu. Erst als nur noch ein Spalt offen stand, gerade breit genug, um Löwenzahns Schultern hindurchzulassen, brachte Geist das Portal zum Stillstand.

Sie trat in den Spalt, schaute zur Stollenöffnung auf der anderen Seite und lauschte. Auf Stimmen vielleicht; auf das Kampfgeschrei der Nordlandkrieger; auf das Donnern einer Wasserflut.

Doch da war nur Stille, das eherne Schweigen der Minenbohrer, träumend von den glanzvollen Zeiten des Zwergenvolkes. Eine Stille, beängstigender als jeder Feind. Und in einem Moment vollkommener Klarheit erkannte Geist, daß es genau das war, was sie in den vergangenen zwei Jahren so gefürchtet hatte und doch jetzt erst völlig verstand: Die Stille, das lautlose Sterben dieses uralten Berges, war vielleicht der schlimmste Feind von allen.

❧

Alberich saß in einer Schneise im Holzbuckel des Minenbohrers und legte einen Hebel um, der halb so groß war wie er selbst. Irgendwo im Inneren des Ungetüms löste sich eine Sperre.

»Jetzt!« rief er über die Schulter nach hinten. »Du mußt schieben!«

Löwenzahn knurrte etwas, doch der Lärm der Nordlinge, die hinter ihnen den Stollen heraufströmten, übertönte seinen Fluch. Mit all seiner Kraft stemmte er sich gegen die Rückseite des Bohrers, und Mütterchen glaubte das Anschwellen seiner riesenhaften Muskelberge sogar durch seine dicke Fellkleidung zu erkennen.

Sie selbst stand hinter ihm, mit gezücktem Schwert, um ihm den Rücken von Angreifern freizuhalten. Unruhig, gespannt bis in die Zehenspitzen, blickte sie zurück zur letzten Biegung des spiralförmigen Stollens. Das Wasser umspülte ihre Füße bis zu den Knöcheln, das Rauschen wurde von den Felswänden zurückgeworfen. Sie war zu schwach, um Löwenzahn beim Schieben des Minenbohrers zu helfen. Irgend etwas aber wollte auch sie beitragen, und wenn es nur die Kunde vom Näherkommen der Gegner war. »Sie sind gleich hier!« rief sie über die Schulter zu Löwenzahn und Alberich. »Beeilt euch!«

Der Horthüter drehte im Inneren des Bohrers mit aller Kraft eine große Kurbel. Ähnlich wie beim Schließmechanismus des Portals wurde auch seine Anstrengung durch die Übertragung auf zahlreiche Räder und Federn vervielfacht. Die Korkenzieherspitze des Rammbocks, halb im Fels vergraben und von weißen Wasserfontänen umstrahlt, geriet in Bewegung, drehte sich, fraß sich tiefer ins Gestein. Der Wasserdruck verstärkte sich, winzige Felspartikel brachen von den Rändern der verstopften Öffnung, noch mehr Wasser ergoß sich in den Stollen.

»Da sind sie!« brüllte Mütterchen über das Getöse hinweg.

Mehr als ein Dutzend Nordlinge, gefolgt von noch mehr bewaffneten Zwergen, schob sich um die Biegung. Das Wasser am Boden spritzte unter ihren Stiefeln empor, eine Gischt wie vor dem Bug einer Galeere.

Sie waren bis auf zehn Schritte an den Minenbohrer und die Gefährten herangekommen, als die vorderen schlagartig stehenblieben. Ein wüstes Gerangel entstand, als die hinteren Reihen nachdrängten. Schließlich verharrte der ganze Trupp, unruhig, zeternd, mit wilder Drohgebärde.

Mütterchen hätte sich gerne eingeredet, daß es ihr eigener respekteinflößender Anblick war, der ihre Gegner zögern ließ. Tatsächlich aber hatten die Nordlinge und Zwerge entdeckt, daß sich der Bohrer immer tiefer in die Felsschicht grub, dem reißenden Strom entgegen, der über ihnen die Lande durchschnitt. Das Wasser im Stollen reichte Mütterchen bereits bis über die Waden, und mit jedem Herzschlag stieg es höher.

Im nächsten Augenblick würde die Entscheidung fallen. Falls die Nordlinge kühn genug waren, ihren Weg fortzusetzen und die Gefährten zu töten, mochte es ihnen gelingen, das beinahe Unausweichliche aufzuhalten.

Doch bei all ihrer Größe und furchteinflößenden Körperkraft waren sie nicht bereit, ihr eigenes Leben für das Gelingen ihrer Mission zu opfern. Einer, der Anführer, gab den Befehl zum Rückzug. Für ihn schien festzustehen, daß seine Sache verloren war.

Mütterchen frohlockte, ein herrliches, triumphierendes Gefühl. Leider ein ausgesprochen kurzes. Denn als sie sich umdrehte und den anderen zufrieden die frohe Nachricht mitteilen wollte, sah sie, was auch die Nordlinge gesehen hatten. Und sie erkannte, daß die Sache verloren *war*. Verloren wie sie und ihre Gefährten, wenn sie sich nicht beeilten, von hier zu verschwinden.

Vom Rammbock des Minenbohrers war nichts mehr zu sehen. Eine Explosion aus Wasserstrahlen, weiß wie glühender Stahl, verhüllte die vordere Partie des Ungetüms. Alberich kletterte geschwind wie ein Insekt aus der Holzverkleidung und rutschte den Buckel hinab zu Boden. Auch Löwenzahn hörte auf zu schieben. Er packte den langsameren Zwerg am Arm, warf sich herum, gab Mütterchen im Laufen einen Stoß und trieb sie neben sich her den Stollen hinunter. Das letzte, was Mütterchen vom Ende des Ganges sah, war ein Netz aus schwarzen Spalten, das sich mit höllischer Geschwindigkeit über die Felswände ausbreitete. Wassergeysire sprühten aus allen Richtungen.

Die drei Gefährten rannten so eilig sie konnten bergab, durch kniehohes Wasser, die reißende Strömung im Rükken. Die Stollenspirale schien sich endlos nach unten zu schrauben, und immer schneller kroch die Wasseroberfläche an ihren Körpern empor, immer kräftiger wurde der Sog.

Dann, plötzlich, sank der Wasserspiegel, und sie wußten, vor ihnen lag die Zwergenstraße. Sie stürmten durch die Öffnung in den breiten Tunnel und sahen in einiger Entfernung ein Gewimmel aus Nordlandkriegern und Zwergen. Keiner versuchte, die drei Freunde aufzuhalten, jeder rannte nur um sein eigenes Leben. Eine Handvoll Feinde war klug genug, den Weg zur Halle der Minenbohrer einzuschlagen; sie lag höher als der Tunnel, und es gab dort einen Ausgang zu den oberen Ebenen des Hohlen Berges. Der ganze Rest aber, siebzig, achtzig Krieger und Sklaven, floh die alte Zwergenstraße entlang nach Norden, in ihrer Panik nicht ahnend, daß sie damit ihr Schicksal besiegelten. Wenn die obere Felsschicht erst barst und die Wassermassen des Rheins sich durch die Spalten ergossen, würden sie den gesamten Tunnel viele hundert Schritte weit überfluten. Niemand, der sich dann noch hier unten aufhielt, würde mit dem Leben davonkommen.

Mütterchen, Alberich und Löwenzahn stürmten den Stollen zur Halle hinauf, vor sich mehrere Zwerge und Nordlinge. Hinter ihnen ertönte ein Fauchen wie von einem lebenden Wesen. Ein Donnern wie der Weltuntergang, ein Kreischen und Splittern und Bersten, als rissen die Götter selbst den Himmel entzwei. Schlagartig wurde das Fauchen zum Prasseln und das Prasseln zu einem einzigen, infernalen Getöse.

»Die Flut kommt!« brüllte Mütterchen, aber es war gleichgültig, ob irgendwer sie hörte. Alle wußten, daß der Tod ihnen eng auf den Fersen war.

Die Felsschicht, die der Bohrer zerstört hatte, gehörte nicht zum eigentlichen Flußbett – der Rhein strömte viel weiter oben, höher noch als die Horthalle –, war offenbar aber durch eine Vielzahl von Spalten mit dem Strom verbunden. Hätte der Fluß selbst sich durch den Tunnel gewälzt, so wäre wohl keinem von ihnen auch nur die Zeit für einen letzten Atemzug geblieben. So aber kam die Flut zwar schnell und mit einer Kraft, die die einer jeden Kreatur tausendfach überstieg; trotzdem blieb allen, die in diesem Augenblick in die Horthalle stürmten, eine leise Spur von Hoffnung. Hoffnung, der Katastrophe doch noch zu entrinnen. Hoffnung, am Leben zu bleiben.

Es war ein aufwühlendes, zugleich auch beängstigendes Gefühl, dieses Hoffen auf ein wenig Glück.

Ein trügerisches noch dazu.

Denn im selben Augenblick wehte ihnen allen ein Schub eisiger Kälte in den Rücken.

Mit der Kälte kam Nässe.

Und die Nässe war nur der Vorbote einer Flutwelle, die alles übertraf, was sich selbst ein Schwarzseher wie Alberich hätte ausmalen können.

Am Eingang der Halle stand Geist und sah mit Entsetzen, wie sich hinter ihren Freunden eine Wand aus weißer, brodelnder Gischt aufbaute. Als Vorbote der Flut schoß ein hüfthoher Wasserteppich durch den Saal, riß die drei Gefährten von den Beinen, warf Nordlinge und Zwerge durcheinander. Geist war einen Moment lang wie versteinert, konnte nichts anderes tun als dazustehen und zuzusehen, wie der Tod ihre einzigen Freunde holen würde, und bald, in drei, vier Herzschlägen, auch sie selbst.

Und dann *spürte* sie es.

Wasser schnellte über den Hallenboden auf das Tor und auf das Moosfräulein im Spalt zwischen den Flügeln zu. Als die ersten Ausläufer Geists Fußspitzen berührten, durchfuhr sie ein Hitzestoß wie der Einschlag eines Blitzes. Irgendwo in ihrem Inneren – nicht nur in ihrem Kopf, überall, in ihrem ganzen Körper – regte sich etwas. Eine Bewegung, ein Pulsieren, ein Druck, der ihre Sinne aufblähte, ihre Empfindungen schärfte. Der Drache erwachte aus seinem Schlummer, nicht die schuppige, bösartige Bestie selbst, sondern das, was sie beherbergt hatte. Das Erbe einer Magie, die jenseits aller Taschenspielertricks der Alben lag, jenseits simpler Hexerei und Nekromantie.

Alles geschah im Bruchteil eines Augenblicks. Für Geist war es, als wäre das Rad der Zeit aus seiner Spur geraten, als drehte es sich langsamer, um dann ganz stillzustehen. Die Umgebung erstarrte. Das Wasser zu ihren Füßen, die herandonnernde Flutwelle, der vergebliche Kampf ihrer Gefährten gegen den Untergang, all das versteinerte zu einem einzigen, scharf umrissenen Augenblick. Geist wußte, daß es eine Täuschung war, daß sie selbst sich mit einemmal *zwischen* den Augenblicken befand, wie ein Leser, der zwischen den Zeilen eines Buches verharrt.

Es war das Wasser. Millionen und Abermillionen pflanzlicher Lebewesen, zu klein, um sie mit bloßem Auge zu erspähen. Und doch war die heranbrausende Flut derart davon durchsetzt, daß Geist unter dem Ansturm fremder Empfindungen fast zusammenbrach. Mühsam versuchte sie, bei Verstand zu bleiben, bis der erste Moment der Überraschung und des Schmerzes vergangen war. Anders als in der Grotte, wo sie sich vom Bewußtsein der zornigen Moospflanzen hatte lenken lassen, versuchte sie nun, den Vorgang umzukehren. Diesmal wollte sie diejenige sein, die die Kräfte in ihrem Inneren steuerte, es war ihr Körper, und sie allein hatte das Erbe des Drachen angetreten. Aber sie wußte auch, daß sie auf die Pflanzenwesen im Wasser angewiesen war, daß sie sie brauchte, um von ihrer Kraft zu zehren. Nur so konnte sie die Magie in sich zwingen, ihr zu Diensten zu sein.

Sie schuf geistige Kanäle, durch die magische Ströme mit der Geschwindigkeit von hundert Flutwellen schossen, und endlich bekam Geist sie unter ihre Kontrolle. Ein stummes Beben raste durch die erstarrten Wassermassen, als sich alles Leben in ihnen zusammenzog und etwas formte, das wie verlängerte Arme Geists Befehlen gehorchte.

Sie tastete nach Mütterchen, fand sie und trug sie auf den Wogen durchs Tor. Auch Löwenzahn packte sie, zerrte ihn an ertrinkenden Nordlingen vorbei zum Spalt, hinaus auf die Kreuzung, ins Trockene. Die Suche nach Alberich gestaltete sich schwieriger, war er doch kleiner als die anderen und inmitten der tobenden Wassermassen kaum auszumachen. Dennoch spürte sie ihn auf, wenn auch mit großer Verzögerung, und sie fürchtete schon, die Flut hätte ihn getötet. Doch als sie ihn in den sicheren Stollen zog, spürte sie seinen Herzschlag.

Zuletzt warf sie die Flügel des Portals zu, nicht mit dem Kurbelmechanismus, sondern kraft ihrer magischen Macht. Der Wasserstrom brach ab, Geist verlor die Verbindung zu den Pflanzenpartikeln, und sofort zog sich die Kraft in ihr zurück, in jenen abgelegenen Winkel ihrer selbst, auf den sie allein keinen Zugriff hatte.

Im Inneren der Halle floß der Zeitstrom zurück in seine alte Bahn, der nächste Augenblick brach an. Die Flut donnerte weiter und warf sich mit gewaltiger Macht gegen das Tor. Der Eingang erbebte, Wasserstrahlen schossen durch die Ritzen.

Auch für Geist beschleunigte sich die Zeit, doch sie bemerkte es nicht mehr. Sie spürte auch nicht die Hände ihrer Freunde, die sie hochhoben und bewußtlos durch einen der Stollen nach oben trugen, in die höheren Ebenen, hinauf in die Stille des Bergmassivs.

Epilog

Die Kammer, in der Geist den Horthüter fand, war klein und lag fernab aller großen Verbindungsflure. Sie hatte lange nach ihm gesucht, ihr Weg hatte sie durch weite Teile der oberen Ebenen geführt. Doch entdeckt hatte sie ihn letztlich nur aufgrund eines Zufalls.

Sie hatte sich verlaufen und war dabei in einen hohen, dunklen Korridor gelangt. Zu ihrer Rechten befand sich ein Durchgang, durch den sanfter Kerzenschein fiel; das Licht flackerte verloren über den Fels der gegenüberliegenden Wand.

Einen Moment lang stockt Geists Atem. Mütterchen und Löwenzahn waren oben am Eingang, das wußte sie genau. Alberich dagegen benötigte kein künstliches Licht. Wer also trieb sich hier unten herum? Gab es immer noch Nordlinge und Zwerge im Berg, die sich in diesem abgeschiedenen Winkel versteckten?

Sie faßte all ihren Mut und schaute zaghaft um die Ecke des Durchgangs. Erleichtert atmete sie auf. Es *war* Alberich. Der Horthüter stand mit dem Rücken zur Tür vor einem steinernen Sarkophag, der sich in der Mitte der Kammer auf einem Podest erhob. An den Rändern hatte er mehrere Kerzen aufgestellt. Ihre Flammen zitterten, als Geist langsam in den Raum trat.

Alberich schaute nur kurz über die Schulter, wandte ich dann wieder dem Sarkophag zu. Mit beiden Händen stützte er sich auf den Stiel seiner Goldgeißel.

»Verzeih«, sagte Geist leise. Etwas in ihr sträubte sich, neben ihn zu treten, und so blieb sie einige Schritte hinter seinem Rücken stehen. »Störe ich?«

Was für eine dumme Frage, durchfuhr es sie.

Alberich sprach, ohne sie anzusehen. »Früher bin ich jeden Tag hierhergekommen. Aber in den letzten zwei Jahre sind meine Besuche selten geworden.« Er zögerte. »Sie würde es verstehen«, fuhr er dann gedankenverloren fort. »Ich weiß, daß sie es verstehen würde. Der Berg hat Vorrang vor allem anderen, das hat sie selbst immer gesagt. Sie hat ihn geliebt, den Berg, jede Felsspalte, jeden Stein, jedes noch so kleine Relief. Wenn die Nordlinge ihn in ihre Gewalt bekommen hätten ... das hätte alles zerstört, für das sie so sehr gelitten hat.« Alberich wandte sich kurz zu dem Moosfräulein um. »Ich habe ihr erzählt, daß unser Sieg dein Verdienst war.«

»Aber das ist nicht wahr«, widersprach sie. »Ihr wart

es, die den Minenbohrer bis zum Wasser vorgetrieben haben. Ich habe nur –«

»Unser aller Leben gerettet. Zweimal. Hättest du es nicht getan, wäre all dies jetzt in der Gewalt der Nordlinge. Erst haben sie das Land der Zwerge zerstört, dann mein Volk vernichtet, und sie hätten das gleiche mit dem Hohlen Berg getan. Dir haben wir zu verdanken, daß es nicht soweit gekommen ist.«

»Nicht mir. Dem Drachen.«

Alberich schüttelte den Kopf. »Der Drache ist tot. Der Xantener hat ihn erschlagen. Die Magie, die in ihm war, hat nie wirklich ihm gehört, sie war nicht einmal ein echter Teil von ihm. Sie wurde ihm nur für eine Weile anvertraut. Und jetzt ist sie in dir.«

Geist wußte nicht, was sie darauf entgegnen sollte. Statt dessen rieb sie sich die Oberarme und sagte nach einer Weile: »Manchmal habe ich das Gefühl, daß es hier unten von Tag zu Tag kälter wird.«

»Es *wird* kälter.« Alberich schaute trübsinnig über die Felswände. »Der Berg liegt im Sterben.«

Geist schaute ihn verständnislos an, und so fuhr der Horthüter fort: »Ein Großteil seiner Kraft verließ ihn gemeinsam mit den Zwergen. Sie haben ihn zu dem gemacht, was er einst war, sie haben ihm Leben geschenkt. Als sie fortgingen, wurde er schwach und gebrechlich. Niemand kann etwas daran ändern. Und es wird schlimmer werden, wenn der Xantener zurückkehrt und den Hort einfordert.«

»Wir werden auch ihn besiegen«, sagte Geist, um Alberich aufzumuntern.

Der Zwerg aber lächelte verbittert. »Siegfried von Xanten hat mich im Kampf bezwungen. Er hat mir die Tarnkappe entrissen und die Fürsten des Nibelungengeschlechts erschlagen. Nun ist er der wahre Herr des Hohlen Berges, Herr über ein sterbendes Reich.« Der Kerzenschein geisterte über Alberichs faltige Züge und ließ ihn noch älter erscheinen. »Vielleicht ist es ja am besten so. Am Ende wird alles, was wir heute tun und getan haben, zwecklos sein.«

»So darfst du nicht reden«, sagte Geist, aber ihre Empörung war nur schwach angesichts seiner Traurigkeit.

Alberich schwieg sehr lange, doch dann versuchte er erneut zu lächeln. »Du hast mich gesucht. Warum?«

»Ich will das Ende der Geschichte hören. Grimmas Geschichte.«

»Hat dir mein anderes Ende nicht gefallen?«

»Es war nicht die Wahrheit, alle wissen das. Den anderen ist es egal. Aber ich möchte hören, was wirklich geschah. Erzählst du es mir?«

Alberich lehnte die Goldgeißel an die Treppe des Podests und ließ sich selbst auf einer Stufe nieder. »Wenn nicht du es verdient hättest, wer sonst?«

Wie ein Lichtflimmern durchfuhr Geist die Erinnerung an ihre erste Begegnung. Sie war Alberich und den beiden anderen auf ihrer Suche nach dem Leichnam des Drachen gefolgt, erst heimlich, dann an ihrer Seite. Sie hatten damals – und seither – vieles gemeinsam durchgemacht, vieles erlebt. Und doch war es nur selten vorgekommen, daß Geist und der Horthüter allein miteinander waren. In beiden floß das Blut magischer Vorfahren, und doch war es, als wären sie sich in den vergangenen zwei Jahren unbewußt aus dem Wege gegangen.

»Setz dich zu mir«, forderte Alberich das Moosfräulein auf.

Geist kam näher, hockte sich mit angezogenen Knien auf eine Treppenstufe. Ihr Blick huschte zu dem Sarkophag empor, der jetzt ehrfurchtgebietend über ihnen thronte. Sie wollte endlich die eine Frage stellen, die ihr schon die ganze Zeit über auf der Zunge brannte, doch Alberich schien ihre Gedanken zu lesen und legte seinen Zeigefinger an die Lippen.

Er nickte niedergeschlagen und sagte dann leise: »Es ging nie um das Gold. Immer nur um sie.«

Tage. Oder Wochen. Monde, vielleicht.

Grimma hatte aufgehört, in zeitlichen Größen zu denken. Zeit war für sie etwas ebenso Verschwommenes geworden wie das ferne Ende der Zwergenstraße, dunkel und diffus, ohne einen Licht- oder Hoffnungsschimmer.

Seit Styrmirs Tod und dem Fund der Tarnkappe lief sie stetig nach Süden. Frierend fing sie Fische, aß sie roh, und gelegentlich sprach sie mit sich selbst; vorausgesetzt, es gab etwas zu bereden, und das war selten der Fall.

Das Alleinsein, dachte sie manchmal, hat auch seine guten Seiten. Man muß niemanden in seiner Nähe ertragen. Ist ganz für sich. Ganz ungestört.

Dabei war sie nicht wirklich einsam. Sie hatte immer noch sich selbst, ihre Gedanken, die mit jedem Aufwachen wirrer wurden, ihre Stimme, die so heiser war, daß sie selbst sie kaum mehr verstehen konnte. Oftmals war gerade das die schlimmste aller Qualen, das Alleinsein mit sich selbst, dem eigenen Ich schutzlos ausgeliefert. Wenn sie diese Erkenntnis besonders heftig traf, zog sie die Tarnkappe über, blickte an sich hinab und dachte: Sieh nur, sie ist weg! Endlich bin ich ganz allein!

Ihr Leben war zu einem morschen Geflecht aus zwei grauen Fäden geworden. Der eine hieß Schlaf, der andere Laufen. Wenn sie nur lange genug einen Fuß vor den anderen setzte, lange genug sich selbst und die Kälte ertrug, dann würde sie irgendwann ankommen. Im Schutz des Hohlen Berges, bei Thorhâl. Alles würde sein wie früher. Allein dafür lohnte es sich, sich nach jedem Erwachen auf die Beine zu stemmen und weiterzuschleppen, ganz gleich, wie schwer es auch fiel. Denn schon seit einer Weile erschien ihr der Felsboden immer einladender, als wollte er sie auffordern, für immer liegenzubleiben. Manchmal gehörte viel Kraft dazu, ein so verlockendes Angebot auszuschlagen.

Irgendwann bemerkte Grimma in einiger Entfernung vor sich ein Licht. Als sie sich ihm näherte, zerfaserte die Lichtquelle, wurde zu einer Vielzahl flackernder Punkte. Darunter wogte etwas, erst ein vager Schemen, dann eine wimmelnde Masse von Körpern.

Eine Stimme rief etwas, eine Warnung, und mehrere Gestalten lösten sich aus dem lärmenden Verbund, kamen näher, tuschelten, hantierten mit ihren Waffen. Einer schließlich erkannte sie, erinnerte sich an das Gesicht unter den zottigen Haaren, an die Augen, die nur noch vage Ähnlichkeit mit denen der Grimma von einst hatten.

Eine Weile später – man hatte ihr Wasser und Nahrung gereicht, dazu Decken und frische Kleidung, und irgend jemand hatte ihr Gesicht mit einer kühlenden Salbe bestrichen – kam Thorhâl an ihr Krankenlager.

Der König vom Hohlen Berg ging vor ihr in die Hocke, hob ihr Kinn, betrachtete sorgenvoll ihre ausgezehrten Züge und erkannte den Schatten des Irrsinns, der in ihren Blicken gedieh. Sehr langsam und traurig fragte er, was geschehen sei.

Grimmas Stimme war rauh, gar nicht mehr die ihre, und jeder, der zuhörte, hatte Mühe, sie zu verstehen. Sie sprach in kurzen, abgehackten Sätzen, und sie hatte die Befürchtung, daß vieles davon keinen Sinn ergab. Die Erinnerung schmerzte, und Grimma weinte, während sie sprach. Dennoch tat es gut, sich das Grauen und die Pein von der Seele zu reden.

Schließlich wurden ihre Schilderungen flüssiger, die Silben und Worte verständlicher. Sie spürte, daß Klarheit in ihre Gedanken einkehrte, nicht durch und durch, vielleicht nicht bleibend. Doch endlich war sie weit genug bei Verstand, um sich an das zu erinnern, was Vorrang vor allem anderen hatte.

Sie mußte Thorhâl warnen.

Es war in eben jenem Augenblick, als sie auf einen Schlag begriff, daß sie sich nicht im Hohlen Berg befand. Sie war noch immer im Tunnel, und Thorhâl war bei ihr und mit ihm sein ganzes Volk. Und da wußte sie, daß sie zu spät kam. Der Auszug nach Norden hatte längst begonnen.

Wie lange die Zwerge schon unterwegs seien, fragte sie mit bebender Stimme, und der König unter dem Berg erwiderte, man befände sich gerade im Aufbruch. Dann sei wohl der Hohle Berg ganz in der Nähe, entfuhr es Grimma aufgebracht, und als Thorhâl nickte, da lachte seine Heerführerin, lachte, bis sie kaum noch Luft bekam und der König besorgt nach dem Heiler rief. Grimma aber ließ sich nicht beruhigen. Sie hatte die Heimat tatsächlich erreicht, nach allen Niederlagen der vergangenen Monde, all dem Sterben ohne Sinn, und sie kam einen einzigen Tag zu spät. Einen verfluchten Tag! Die Ironie war so köstlich wie grausam, die Folge jedoch ungleich grausamer. Denn nun, da Thorhâl einmal zum Zug ins Nordland aufgerufen hatte, konnte er seinen Befehl nicht mehr rückgängig machen, ohne vor dem ganzen Volk das Gesicht zu verlieren. Grimma kannte ihn viel zu gut, als daß sie sich der Illusion hingegeben hätte, er würde auch nur in Erwägung ziehen, sich auf derlei einzulassen.

Oh, gewiß versuchte sie, ihn umzustimmen. Sie schilderte die Öde und den klirrenden Frost des Nordlandes, die Trümmerschluchten der untergegangenen Zwergenstadt; sie warnte vor der Mordlust der Nordlinge, die die Ruinen wie ein Rudel Aasfresser beherrschten; sie bat, sie schrie und sie flehte, Thorhâl möge seinen verhängnisvollen Plan aufgeben, er möge daheim bleiben im Hohlen Berg und sich zufriedenzugeben mit dem, was das Schicksal ihnen zugestanden hatte.

Doch Thorhâl schüttelte nur betrübt den Kopf, ein geschlagener Mann, gefesselt an die Marionettenschnüre seines Volkes. Im Hinausgehen befahl er dem Heiler, alles in seinen Kräften stehende für die verwirrte Kriegerin zu tun. Dann war er fort, und Grimma sah ihn niemals wieder.

Die Bemühungen des Heilers schienen für Grimma an einer anderen vorgenommen zu werden, nicht an ihr. Sie verfolgte sie unbeteiligt, wie durch einen Schleier. Dann, als der Mann endlich fort war, zog sie die Tarnkappe über und stahl sich unsichtbar aus dem Schatten der Versorgungskarren, neben denen man ihr Lager errichtet hatte. Mühelos schlich sie an Thorhâls Wachen vorbei zur Rampe. Die steile Schräge wuchs ehrfurchtgebietend vor ihr empor. Auf Grimma wirkte sie wie der Eingang in eine andere Welt.

Die beiden Steinflügel der riesigen Falltür, hoch oben in der Tunneldecke, wurden durch ein gewaltiges Gerüst aus Holz abgestützt. Grimma erkannte Thorhâls Plan: Sobald der Zug weit genug fort war, würde er die Gerüstkonstruktion zerstören lassen. Die Flügel würden zufallen, der Hort darüber zusammenschlagen wie die Wogen eines goldenen Ozeans. Kein Eroberer würde danach noch in der Lage sein, den Hohlen Berg von unten zu betreten.

Unsichtbar erklomm Grimma die Rampe. Sie hatte Bauchschmerzen. Das starke Aufgebot an Wachtposten, die an den Rändern der Falltür postiert waren, verriet ihr, daß das Zwergenreich bereits geräumt, die Kammern und Hallen durchsucht und gesichert waren. Niemand würde zurückbleiben. Niemand außer Grimma.

Sie huschte zwischen zwei Wachen hindurch, kletterte über die Goldwälle der Nibelungenschätze und machte sich daran, die lange Treppe in der Wand der Horthalle hinaufzusteigen.

Sie hatte mehr als drei Viertel des Weges bewältigt – demnach war fast ein halber Tag vergangen –, als tief unter ihr ein scharfes Bersten ertönte, gefolgt von einem

Donnern. Thorhâl ließ die Stützpfeiler fällen. Nur Augenblicke später sackte das Gerüst in sich zusammen, die mächtigen Torflügel schlossen sich mit ohrenbetäubendem Krachen. Darüber ergoß sich von allen Seiten die Goldflut des Hortes, verschüttete den geheimen Zugang zum Tunnel innerhalb weniger Atemzüge. Das Zwergenreich vom Hohlen Berg existierte nicht mehr.

Grimma erreicht die Plattform, beherrscht von einem Wirrwarr starker Empfindungen. Schmerzvolle Trauer um all jene Männer, Frauen und Kinder, die ihrem König ins sichere Verderben folgten. Trauer auch um die Freunde, die ihr Leben für ein Ziel gelassen hatten, das von Anfang an eine Illusion gewesen war.

Und sie weinte um Styrmir, der ihr mehr gegeben hatte als nur seine Liebe.

Sie zog sich die Tarnkappe vom Kopf und streichelte das überirdische Schmiedewerk des Kettengewebes, als wäre es der Haarschopf ihres toten Gefährten. Albenmagie, dachte sie verträumt.

Neues Leben, tief in mir. Ich kann es fühlen.

Sie berührte mit der Tarnkappe ihren Bauch, rieb sanft darüber hinweg. Albenmagie, durchfuhr es sie noch einmal. Vielleicht ging ja etwas davon auf die Frucht ihres Leibes über, auf Styrmirs Kind, das unter ihrem Herzen heranwuchs.

Sie wußte schon, welchen Namen sie ihm geben würde.

ENDE

Die Nibelungen

Die große Saga »Die Nibelungen« ist keine Nacherzählung des weltberühmten Nibelungenliedes. Jeder Roman erzählt eine neue, aufregende Geschichte um einen Helden des Epos. Gleichwohl lassen sich die Romane in die Chronologie des Liedes einordnen.

Chronologie

- **Die Flammenfrau**
- **Der Rabengott**
- Hagen kommt nach Worms und beginnt seinen Aufstieg zum Berater.
- **Das Runenschwert**
- Siegfried tötet Nibelung und Schilbung. Er stiehlt Alberich die Tarnkappe.
- Siegfried erschlägt den Drachen.
- **Das Drachenlied**
- **Der Zwergen-Krieg**
- König Dankrat von Burgund stirbt. Gunther besteigt den Thron.
- **Die Hexenkönigin**
- **Das Nachtvolk**
- Siegfried kommt nach Worms.
- Die Helden reisen nach Island und kämpfen um Brunhilds Hand.
- Siegfried heiratet Kriemhild, Gunther vermählt sich mit Brunhild.
- Hagen tötet Siegfried und versenkt den Nibelungenhort im Rhein.
- Kriemhild heiratet den Hunnenkönig Etzel.
- Die Burgunden folgen Kriemhilds Einladung zur Hunnenburg.
- Kriemhild läßt die Burgunden von den Hunnen ermorden.